KB139537

음악소설집

音樂小說集

음악소설집

김애란

김연수

윤성희

은희경

편혜영

● Franz

차례

안녕이라 그랬어

김애란

칠 년 전 아침, 부엌 식탁에서 사과를 깎는데 곁에서 커피를 내리던 헌수가 「러브 허츠Love Hurts」를 틀었다.

—어? 나 이거 어디서 들어봤는데.

헌수가 드립용 주전자의 긴 주둥이를 허공에 천천히 돌리며 호응했다.

—아마 그럴 거야. 여러 버전이 있거든.

—그래? 이건 뭔데?

나는 식탁 위 태블릿 피시를 흘깃거렸다.

—내가 제일 좋아하는 버전. 킴 딜이랑 로버트 폴러드가 부른 거.

우리는 잠시 태블릿 피시 속 두 사람의 얼굴을 바라보며 노래를 경청했다.

—괜찮은데?

평소 내가 음악에 별 관심 없어하는 걸 아는 헌수가 방긋 웃었다.

—그래?

—응. 평소 자기 고통을 남한테 잘 표현 안 하는 사람이 부른 이별 노래 같아.

—어른이네.

—어른이지.

내가 접시에 사과를 옮겨 담는 사이 헌수도 두 개의 찻잔에 커피를 나눠 따랐다. 사 년 전 우리가 동거를 시작한 기념으로 구입한 검정색 자기 잔이었다. 동거 전 연애도 이미 이 년이나 해 당시 우리는 암묵적으로 '다음 단계'를 생각하고 있었다. 우리가 사는 16평대 아파트의 전세 계약 기간이 얼마 안 남아서였다. 계약 종료일 육 개월 전부터 헌수는 휴대전화로 틈틈이 20평대 집을 알아봤고, 내게 선호하는 동네나 거주 형태를 묻곤 했다. 내가 두 손으로 잔의 온기를 느끼며 헌수를 부드럽게 바라보는 사이 헌수는 태블릿 피시 화면에 뜬 추천 영상 목록을 눈으로 훑었다.

　―여기 댓글들 보면 재밌어. 다들 하나같이 이 곡이 자기 삶에 어떤 의미를 지니는지 진지하게 털어놓거든. 게다가 누군가는 감탄사로 꼭 욕을 하는데 러시아 욕, 미국 욕, 스페인 욕 다 있어. 왜 인간들은 아름다운 걸 보면……

　―어, 잠깐.

나는 갑자기 헌수 말을 끊었다.

　―왜?

　―방금 들었어?

　―뭘?

　―안녕이라 하잖아.

　―누가?

내가 눈을 둥그렇게 뜨고 거실의 블루투스 스피커를 가리키자 헌수도 멍하니 그쪽으로 고개를 돌렸다. 네모난 잿빛 상자 안에서는 여전히 두 미국인의 목소리가 감미롭게 흘러나오고 있었다.

　―킴이랑 로버트가?

　―어.

　―갑자기, 한국말로?

헌수 눈에 담긴 놀림과 불신을 알아채고 나는 목소리

를 높였다.

　—정말이야!

　—……

　—분명 안녕이라 그랬어. 똑똑히 두 글자로.

　방금 전 로버트가 내게 "그런데 한국어로 '안녕'은 뭐라 그래?" 물었을 때 저 날 헌수와의 대화가 떠오른 건 그 때문이었다. 나는 "한국말로 '안녕'은 안녕"이라고, "다만 우리말의 안녕에는 '반갑다'는 뜻과 '잘 가'라는 의미가 둘 다 담겨 있다"고 했다. 그렇다고 머릿속에 떠오른 걸 막힘없이 말한 건 아니고 기초 영어 수강자답게 문법을 틀려가며 더듬더듬 답했다. 로버트는 삼십여 년간 초등 교사로 일하다 은퇴한 사람답게 내 말이 끝날 때까지 침착하게 기다렸다. 그러곤 거의 잿빛에 가까운 옅은 하늘색 눈을 반짝이며 "정말?" 하고 물었다.

　—그것참 흥미롭다.

　어쩌면 다른 한국 학생에게서 이미 들은 말일지 모르나 매회 촘촘하게 매겨지는 별점 때문인지, 정말 처음 듣는 얘기라 그러는지 로버트가 신기하다는 표정을 지었다.

　—그러면 너희는 그 두 '안녕'을 어떻게 구분해? 억양이나 발음이 달라?

아마 중국어나 베트남어의 성조를 의식한 말인 듯했다. 나는 잠시 고민하다 단호하게 고개를 저었다.

—아니.

—그럼 그걸 어떻게 알아?

외국어로 대화할 때면 늘 그러듯 나는 내가 하고 싶은 말이 아닌 할 수 있는 말을 했다.

—그냥 알아.

그런 뒤 "그 순간이 오면 우리는 대체로 '그냥' 알고, 때론 끝까지 그 사실을 서로 모른 체하며 헤어진다"는 말을 보태려다 말았다. 그러기에는 내 회화 실력이 부족해서였다. 대신 나는 훨씬 단순하고 투박한 말을 했다.

—그냥 알 수 있어, 우리는.

로버트가 내 눈을 가만 바라보다 모든 걸 이해했다는 듯 천천히 고개를 끄덕였다.

—그래, 우리에게는 '상황'이 있으니까.

그러곤 그 큰 눈으로 화면 속 슬라이드 교재를 훑다 자연스레 화제를 돌렸다.

—그래서So…… 우리 오늘 뭐 할 차례지? 레슨 7 맞나?

++

　로버트는 캐나다 퀘벡에서 나고 자라 지금도 자기 고향을 지키는 사람이었다. 모두 나중에 안 사실이지만 아내와는 사별했고 은퇴 후 단독주택에서 작은 개 두 마리와 살고 있었다. 언젠가 수업 때 그중 한 마리를 번쩍 안아 내게 보여준 적도 있었다. 로버트는 '에코스Echoes' 안에서도 수업 평점이 높고 예약하기 어려운 교사였다. 그리고 그 점이 영어 초짜인 나를 그에게 쉽게 다가가지 못하게 했다. 그런데도 내가 로버트의 프로필에서 오랫동안 눈을 떼지 못한 건 그 이름 때문이었다. 비록 그 뒤의 이름까지 같지는 않지만 내가 아는 로버트와 같은 로버트라서. 나는 일단 로버트를 '즐겨 찾는 교사' 함에 저장해두고 한동안 잊고 지냈다.

　사실 에코스에서 내가 처음 만난 교사는 뉴욕에 사는 간호사 출신 할머니 샌드라였다. 그녀는 첫 수업 때 내가 엄청 긴장한 걸 알고 내게 억지로 말을 시키는 대신 자기 이야기를 풀어나갔다. 그런데 그게 지나치게 길어 마치 한번 전화를 걸면 도통 말을 멈출 줄 몰랐던 생전의 내 할머니를 떠올리게 했다. 그래도 나는 샌드라가 좋았다.

내게 늘 다정하고 관대하며 유쾌한 분이었기 때문이다. 하지만 샌드라는 나와 말을 트고 얼마 지나지 않아 건강상의 이유로 에코스를 떠났고 나는 다음 선생을 찾아 헤매야 했다.

에코스에는 다양한 국적과 세대, 계급의 여러 선생이 있었다. 대자연을 등진 채 멋지게 자기소개 영상을 찍은 디지털 노마드족부터 '한 철 바짝 벌어' 대학 등록금과 생활비를 마련하려는 대학생, 부유한 은퇴 노인을 비롯해 감염병 시대의 실직자와 이주민 등 다양했다. 게다가 교사로 등록할 때 진입 장벽도 낮아 얼핏 보면 글로벌 인력시장, 디지털 벼룩시장 같은 인상도 풍겼다. 그중에는 첫 만남부터 퉁명스럽고 권태로운 표정을 지은 젊은 여성도 있었는데, 그녀는 내가 자기 말을 잘 못 알아듣고 헤매자 갑자기 "인터넷이 안 된다"며 대화창을 나가서 다시 돌아오지 않았다. 예약 시간 종료로 대화가 중간에 중단되거나 화면이 멈춰버리는 일은 흔했지만 이런 경우는 처음이었다.

엄밀한 의미로 내 두 번째 교사는 미국 텍사스주에 거주하는 중년 여성 로즈였다. 나이는 오십 대 초반이고 흰 피부에 윤기 없는 금발을 갖고 있었다. 로즈는 소개 영상에 여러 책이나 장식품, 미술 작품이 보이게 앵글을 맞춘 여느 중산층 교사와 달리 광택 도는 샴페인색 나일론 커튼으로 자기 등 뒤의 남루한 살림살이를 가렸다. 그러곤 크리스마스 때나 쓰는 알전구를 벽에 걸어두고 카메라 앞에 앉곤 했다. 수업 평점도 그리 높지 않고 교육자로서 경험도 많지 않았지만 나 같은 초보자를 가르치기에는 전혀 무리가 없어 보였다. 첫 수업 때 우리는 '외국어 공부'를 주제로 대화를 나눴다. 에코스에서 자체 개발한 교재의 한 단원이었다. 로즈는 화면에 슬라이드 교재를 띄운 뒤 내게 공식 질문을 던졌다.

─너는 외국어 공부를 즐기니?

나는 확신 없는 투로 답했다.

─그러려고 노력하고 있어.

로즈가 별 반응 없이 고개를 끄덕이다 어색하게 다음 질문으로 넘어갔다.

─네가 외국어를 배우는 목적은 뭐야?

나는 고민하다 비교적 솔직하게 답했다.

─언젠가 이곳을 떠나고 싶어서?

이렇다 할 기술도 자격증도 없는 상태에서 막연히 품은 희망이었다. 나는 정작 가장 중요한 이유인 '외국어 공부를 하다보면 아직 내게 어떤 가능성과 기회가 남은 것 같은 착각이 들어서……'라는 말은 하지 않았다. 엄마를 납골당에 모시고 한 달이 되지 않아서였다.

헌수와 커피를 마시던 그날 아침, 이모 전화를 받고 곧장 고향에 내려갔다. 한때 조선업으로 번창했다 돈이 빠지고 인구가 줄며 쇠락의 길을 걷고 있는 해안 도시였다. 내 고향은 그 도시에서도 좀 더 깊숙한 곳에 자리한 읍 소재지였다. 사람들이 흔히 떠올리는 '평화로운 어촌'이 아니라 갈수록 버스 배차 간격이 벌어지고 골목에는 노래방과 모텔 등 유흥 시설만 늘어 황량해져가는 동네였다. 처음에는 휴직 정도로 충분할 줄 알았는데 엄마를 간병하고 두 달이 지나지 않아 회사에 사표를 냈다. 그리고 칠 년이 지난 지금까지 직장으로 돌아가지 못했다. 수입이 불규칙한 탓에 그동안 주로 엄마 연금으로 생활을 이어왔지만 그마저 대부분 병원비로 나가는 바람에 나중에는 고향집을 담보로 대출을 받을 수밖에 없었다. 그리고 엄마 보험금을 그 빚을 갚는 데 사용해 지금 내 수중에 남아 있는 돈은 거의 없었다. 고향집이 정리되는 대로 어디든 떠나려 했지만 대도시의 아파트도 줄줄이 미분양되는 상황에 지방 소도시의 낡은 주택을 보러 오는 사람은 전혀 없었다. 그렇다고 딱히 갈 데도 없어 나는 고향집에 발이 묶인 채 집이 팔리기만을 기다리며 시간을 죽이고 있었다.

장례식에 온 사람은 거의 없었다. 사흘 내 빈소를 지키다 병원에 상복을 반납하며 서글픔과 후련함을 함께 느꼈다. 하지만 그런 스스로가 부끄럽지는 않았다. 나는 할 만큼 했다는 마음, 세상 누구도 내게 손가락질할 자격이 없다는 반발심이 들었다. 동시에 누군가 내 손을 잡고 무언가 의미 있고 따뜻한 말을 해주길 바랐다. 물론 그런 일은 일어나지 않았다. 엄마를 간병하는 동안 나 역시 인간관계며 경조사를 거의 챙기지 못한 탓이었다. 다만 지금도 기억나는 건 이름을 밝히지 않은 누군가가 보낸 화환이었다. 플라스틱 꽃바구니 아래 길게 늘어진 흰 띠에는 '삼가 고인의 명복을 빕니다'라는 말 외에 어떤 정보도 적혀 있지 않았다. 그래서 처음에 나는 헌수가 보낸 거라 착각했다. 그러다 이모에게서 엄마와 이혼한 뒤 지금은 다른 가정을 꾸린 내 친부가 보냈을 거란 말을 들었다. "너 몰래 이모가 부고를 전했는데, 아마 캐나다에서 여기까지 오는 게 쉽지 않았던 모양"이라고.

장례를 마치고 집에 머물며 구직 사이트를 들락거렸

다. 경력이 단절된 사십 대 중반 여성을 찾는 곳은 많지 않았다. 있더라도 업계에서 소문이 안 좋거나 환경이 열악한 곳뿐이었다. 게다가 요즘 사십 대는 취직은커녕 퇴직을 권고받는 나이였다. 엎친 데 덮친 격으로 엄마 유품을 정리하다 장롱 속 나무상자에 발을 찧어 수술을 받았다. 병원에서는 깁스를 푸는 데 한 달, 완전히 회복하는 데는 일 년이 걸릴 거라고 했다. 그렇게 한동안 아무것도 못 하고 울적해하다, 언제가 될지 모르지만 정말 이 나라를 떠나게 될 때를 대비해 말이라도 먼저 배워두자는 생각이 들었다. 다리를 다쳐 다른 기술을 배우기도 어렵고 단기 아르바이트도 여의치 않은 상황이니 당장 영어만이라도 시작해보자고. 생활에 대한 압박감이 턱밑까지 차오르던 상황인데 그랬다.

로즈와는 이 개월가량 수업했다. 일주일에 두 번, 1회에 삼십 분짜리 과정이었다. 삼십 분은 십오 분씩 나눠 써도 되고 한 번에 사용해도 무방했다. 우리는 특정 표현을 반복해 익히고 종종 사적인 대화도 나누며 기초 과정을 밟아갔다. 한번은 '집'을 주제로 수업하던 중 로즈가 자신이 몇 해 전 뉴스에 나온 대형 허리케인의 피해자라 밝혔다. "이 집도 그때 정전돼 한참 애를 먹었다"면서. '여행'

안녕이라 그랬어   19

을 주제로 한 수업에서도 로즈는 자신은 고향 밖을 나가
본 적이 거의 없다면서, "네게 '다른 세계'에 대해 해줄 말
이 많지 않아 미안하다"고 했다. 나는 그런 로즈에게 깊은
계급적 친밀감을 느꼈다. 하지만 에코스 속 많은 관계가
그렇듯 로즈도 갑자기 수업을 취소하는 일이 잦아지더니
어느 날 말도 없이 수업을 관뒀다. 나는 다시 새 선생을
찾아야 했다. 그러다 '즐겨 찾는 교사' 함에서 로버트를
발견했고 용기 내 수업을 신청했다. 그러곤 다른 교사와
겪은 과정을 처음부터 다시 밟아나갔다. 안녕? 내 이름은
김은미, 에이미라고도 해. 둘 다 '미' 자로 끝나지. 나는 한
국인이고 마흔다섯 살이야. 형제나 자매는 없어. 나는 한
국의 한 해안 도시에 살고 있고 내 직업은…… 그리고 어
느 날 그 십오 분 혹은 삼십 분짜리 수업이 그날 내가 타
인과 나눈 유일한 대화란 걸 깨달았다. 쿠폰에 할인에 이
것저것 제하고 나면 대략 삼십 분에 만 육천 원짜리 대화
였다.

첫 수업 때 나는 망설이다 로버트에게 사적인 질문을
했다.

—혹시 당신 뒤에 있는 저 사람, 누구인지 물어봐도 돼?
로버트의 등 뒤에는 오래돼 보이는 나무 액자 하나가

걸려 있었다. 그 안에는 강마른 노인이 비스듬한 자세로 정면을 바라보며 앉아 있었다. 어딘가 왜곡되고 음울한 느낌을 주는 초상화였다. 로버트는 굳이 고개 돌려 그림을 확인하지 않고 모니터를 보며 답했다.

　—아, 우리 아버지야.

　—그래? 그러고 보니 당신과 좀 닮은 것 같다.

　—그래?

　—응. 특히 눈이.

로버트가 묘한 미소를 지었다.

　로버트의 나이는 육십 대 초반인 듯했으나 실물은 오십 대 중반으로 보였다. 직업적 습관인지 로버트는 그날 치 '진도'를 마치는 데 예민했고 항상 진지하게 수업했다. 그러면서도 눈빛에는 관대함이 가득해 나는 그에게 금방 친밀감을 느꼈다. 그러다 우리 사이가 보다 깊어진 계기가 있었다. 로버트의 아버지가 돌아가셨을 때였다. 로버트는 많은 학생들에게 양해를 구하며 자신이 며칠간 아버지 옆에 있어야만 한다고 했다. 내가 공교육 과정에서 지겹게 배운 '무엇무엇 해야만 한다'는 뜻의 '해브 투Have to'가 들어간 문장을 통해서였다. '나한테만 보낸 쪽지도 아닌데 그냥 지나갈까?' 고민하다 짧은 답장을 보냈다.

─당신에게 깊은 애도의 마음을 전합니다. 나는 당신의 아버지를 한 번도 만난 적이 없어요. 그렇지만 당신을 보면 그가 얼마나 좋은 사람이었는지 알 수 있습니다. 모두의 안식과 평화를 빕니다.

일주일 뒤 에코스에서 다시 만난 로버트는 머뭇거리다 내게 감사를 표했다.

─많은 이들의 이해와 위로 속에서 나는 아버지를 잘 보낼 수 있었어. 그리고 네 메시지는 내게 큰 힘을 줬어.

나는 뭐라 더 할 말을 찾지 못하고 미안한 표정을 지었다. '하나 마나 한 말'을 최대한 진심 어리게 하는 것도 어른의 화법일 텐데, 누군가의 부고와 마주할 때마다 스스로가 가진 표현의 한계와 상투성에 어쩔 줄 몰라했다. 상투성이 뭐 어때서. 세상에 삶만큼 죽음만큼 상투적인 게 또 어디 있다고. 그 '반복'의 무게에 머리 숙이는 게 결국 예의 아니던가. 그런데 그날 로버트는 웬일인지 지나가듯 사적인 이야기를 내게 털어놨다.

─참, 이번에 돌아가신 분은 나를 키워주신 아버지야.

그게 무슨 뜻인가 싶어 나는 잠시 눈을 깜빡였다.

─내 친부는 아직 살아 계셔.

─......

—물론 어디 사는지는 잘 모르지만.

그러곤 화면 속 슬라이드 교재로 눈을 돌리며 노련하게 화제를 바꿨다.

—그래서So…… 우리 오늘 뭐 할 차례지? 레슨 2 맞나?

++

—하이, 에이미.

수업에 들어오며 로버트는 오늘도 밝은 얼굴로 인사했다. 쨍한 자줏빛 스웨터에 잿빛 머리카락이 눈에 띄었다. 자신에게 잘 어울리는 게 뭔지 아는 남자의 옷차림이었다. 나는 로버트가 평소 옷을 잘 갖춰 입는 게 좋았다. 은퇴 후에도 여전히 자신의 노동 앞에서 어떤 격식과 약속을 지키는 것 같아서였다. 그건 본인뿐 아니라 상대에 대한 예의이기도 했다. 그리고 나는 몇 년간 그런 존중에 좀 목말라 있었다.

—하이, 로버트.

나는 로버트의 호감을 못 본 척하며 관습적으로 대꾸했다. 하지만 의식이 되는 건 어쩔 수 없었다. 그러지 않았다면 수업 전 화장기 없는 맨얼굴에 유통기한이 이 년이나 지난 립스틱을 바르는 일도 없었을 거다. 엄마를 돌보며 운동은커녕 화장도 잘 못 한 탓에 요즘 들어 내 모습이 부쩍 늙고 초라해 보였다. 그것도 혼자 지낼 때는 잘 몰랐는데 카메라 앞에 설 일이 잦아지다보니 신경이 쓰였다.

—그동안 어떻게 지냈어?

나를 향해 활짝 열린 로버트의 동공을 보자 내 눈동자도 거기 호응하듯 크게 벌어졌다. 실은 며칠 전 나는 화면 속 로버트의 얼굴을 보고 작게 동요했다. '저 남자, 날 감상하고 있어'란 자각이 들어서였다. 동시에 '오랜만이다'라고 생각했다. 누군가의 눈동자에 담긴 호감과 호기심 그리고 성적 긴장을 마주하는 것은. 그런데 그게 전혀 느끼하거나 부담스럽지 않았다. 오히려 로버트는 욕망을 드러내기보다 감추는 편에 속했다. 처음 나는 '내가 너무 외로워서 그런가?' 스스로를 의심했다. 헌수와 헤어진 뒤 누군가와 정신적으로도 또 육체적으로도 진지한 관계를 맺은 적이 없었다. 나는 내 감정이 인간적인 호감인지 성적 주체가 되는 기쁨인지 성적 대상이 되는 설렘인지 헷갈렸다. 어쩌면 그 모든 게 섞인 총체적인 무엇일지 몰랐다. 감정이란 원래 그런 거니까. 사실 대상과 무관하게 외국어 수업에는 어느 정도 성애적인 측면이 있었다. 일말의 더듬거림과 망설임, 지연과 기쁨, 찰나의 교감, 수치심과 답답함, 긴장과 해소, 갑자기 터져나오는 웃음, 실수와 용서 등이 그랬다. 나는 애써 태연함을 가장했다.

—응. 나 잘 지냈어. 당신은?

—나도.

간단한 안부를 주고받은 뒤 우리는 몇 마디 대화를 더 이어나갔다. 이를테면 "그런데 한국어로 '안녕'은 뭐라 그래?" 같은 말과 감상을. 얼마 뒤 로버트는 그 큰 눈으로 화면 속 슬라이드 교재를 훑다 자연스레 화제를 돌렸다.

—그래서So…… 우리 오늘 뭐 할 차례지? 레슨 7 맞나?

로버트가 얼마간 공적인 목소리로 오늘 수업 주제를 소리 내 읽었다.

—레슨 7. 음식 이야기.

이윽고 노트북 화면 위로 오늘 익혀야 할 핵심 내용이 떴다. '네가 가장 좋아하는 음식은 뭐야?', '너의 솔 푸드는 뭐야?', '너는 다른 문화권 음식을 시도하는 걸 즐기니?' 등이었다. 나는 질문 속 표현을 앵무새처럼 따라 하며 입에 익혔다.

—나는 다른 나라 음식 시도하는 걸 좋아해. 사실 예전에는 좀 조심스러웠어. 그런데 점점 모험을 즐기게 됐어.

로버트가 다소 기계적인 추임새를 넣었다.

―그거 좋네.

　―응. 그렇게 '시작'되는 게 얼마나 많은지 몰라.

　별생각 없이 대꾸해놓고 방금 전 문장이 혹 어떤 유
혹처럼 들리면 어쩌나 걱정했다. 내가 로버트의 시선을
의식해 생긴 긴장이었다. 에코스에서 교사와 학생 사이
에 신뢰와 유대가 쌓이는 경우는 흔했다. 나 또한 샌드라
나 로즈와 겪은 일이었다. 그런데 상대가 로버트로 바뀌
자 그 공기가 좀 달라졌다. 어쩌면 온갖 풍부한 감정이 담
긴 인간의 눈을 내가 너무 오랜만에 봐서 그랬는지 몰랐
다. 뇌를 다쳐 일상적인 의사 표현이 어려웠던 내 어머니
도 얼마간 나와 눈으로 소통할 수 있었다. 하지만 그 안에
는 어떤 미안함이나 고마움보다 의심과 비난이 자주 아
른거렸다. 음식. 그래, 엄마는 자기 음식을 제일 좋아했지.
다른 사람 칭찬은 잘 안 하는 사람이었으니까. 엄마는 누
굴 만나든 자신의 지위가 높아지는 데 가장 큰 관심을 쏟
았다. 더불어 그걸 위해 다른 사람에게 안 좋은 배역을 떠
넘기는 데 능숙했다. 심지어 그게 딸이라 해도. 언젠가 헌
수와의 식사 자리에서도 엄마는 거의 재난에 가까운 말
들을 쏟아냈다. 자기 딴에는 조실부모한 사람을 위로하려
한 말이었겠지만. 늘 그렇듯 진짜 의도는 따로 있었다. 자
신이 남보다 낫다는 감각에 몰두하는 거였다. 그럼에도

마지막에 두 눈으로 내게 가장 많이 보낸 메시지는 '미안해'도 '고맙다'도 아닌 '두려워……'였지.

—에이미, 내 말 잘 들려?

—어? 어.

—네가 가장 좋아하는 명절 음식은 뭐야?

나는 정신을 차리고 머릿속으로 시제와 관사, 문장 형태를 더듬거렸다.

—나는, 어, 동짓날 먹는 붉은 콩 수프를 좋아해. '동지'는 일 년 중 밤이 가장 긴 날이야. 우리 조상들은 붉은색이 나쁜 유령을 쫓아낸다고 믿었대.

사실 나는 팥죽을 별로 좋아하지 않았다. 대화에 흥미와 구조를 만들어내기에 설이나 추석보다는 동지가 나을 듯해 꺼낸 이야기였다. 유령이 나오는 이야기는 다들 흥미진진해하니까. 그러면서 한편으로는 번역 중 어쩔 수 없이 생기는 상실과 누락을 실감했다. 모두가 감수하는 손실이었다. 하지만 '유령'과 '귀신'은 얼마나 다른지, '붉은 콩 수프'와 '팥죽' 사이의 거리는 또 얼마나 먼지…… 물론 외국어로 말할 때 장점도 있었다. 체지방을 줄인 담백한 몸처럼 한정된 어휘가 만드는 문장만의 매력이 있었으니까. 그 간극에서 때로는 예기치 못한 '사고'가 일어나기도 하고 말이다. 그러고 보니 로즈와의 수업 때 웃지 못할 일이 있었다. '티브이 쇼'를 주제로 한 수업에서 생긴 일이었다. 로즈는 슬라이드 교재를 넘기며 내게 "가장 좋아하는 티브이 쇼가 뭐야?" 물었다. 나는 한국의 몇몇 리얼리티 연애 프로그램을 예로 들려다, 말이 길어질 듯해 그냥 "데이팅 프로그램"이라 밝혔다. 그러자 그때까지 교사로서의 위엄을 지켜온 로즈가 무슨 뜻인지 알겠다는 듯 내게 의미심장한 미소를 지었다. 그러곤 자기 주위에도 애청자가 많다며 미국의 비슷한 프로그램을 소개해줬다. 며칠 뒤 나는 밥을 먹다 로즈가 예로 든 그 짝짓기 프로그램을 보고 우리가 어떤 단어에 대해 전혀 다른 합의를 했음을 깨달았다. 일단 방송 수위부터 그랬다. 로즈가 말한 쇼에는 처음부터 가슴이 엄청나게 큰 여성이 비키니 차림으로 등장했다. 그리고 제작진이 '남자를 볼 때 가장 중요한 점'을 묻자 이렇게 답했다.

—공감 능력, 유머, 야망이에요.

나는 '음, 나쁘지 않은 대답이네' 하고 국을 떴다.

—하지만 결국에 가서는 거시기가 정말 중요해지죠.

나는 그만 숟가락을 식탁에 떨어트릴 뻔했다. 결과적으로 내가 로즈에게 이런 종류의 프로그램을 좋아한다고 고백한 거나 다름없었다. 나는 서둘러 로즈를 만나 변명하고 싶었다. 하지만 다음 수업까지 무려 나흘을 기다려야 했다. 로즈는 하루종일 분 단위로 촘촘히 예약되는 수업을 소화하느라 나와의 대화 따윈 까맣게 잊어버렸을 수도 있는데 그랬다. 실제로 로즈를 다시 만났을 때 그녀는 우리 대화를 거의 기억하지 못했다. 대신 너그러운 미소를 지으며 내게 전혀 신경 쓰지 말라고 했다. 우리는 다음 단원으로 넘어갔다.

하지만 그때 만일 내게 시간과 언어가 허락됐다면 로즈와 진짜 나누고픈 이야기는 따로 있었다. 저 짝짓기 프로그램에 어느 코스타리카 출신 여성이 등장하며 시작되는 이야기였다. 그녀는 육감적이고 아름답되 어딘가 기품이 느껴지지 않는 여성이었고, 미국 어느 소도시에서 카페 종업원으로 일하고 있었다. 그녀와 달빛 아래 마주 앉은 브라질 출신 남성 또한 그랬다. 그는 근육질 몸에 잘생긴 얼굴, 어색한 영어 발음을 가진 정비공이었다. 그런데 그날 코스타리카 여성이 브라질 남성에게 "나도 포르투갈어 좀 할 줄 알아"라고 말하자 남자의 눈이 새삼 깊어졌다. 섹스와 육체의 향연장에 문득 진지한 공기가 맴도는 순간이었다. 어쩌면 그 짧은 순간 오직 두 사람만이 공감할 수 있는 중미와 남미의 역사, 이주와 노동, 모어와 영어, 소외와 공감 등이 엉기며 파동을 만들어냈기 때문인지 몰랐다. 정말이지 나는 그런 이야기를 하고 싶었다. 하지만 그날 내가 로즈에게 한 말은 고작 이랬다.

—액슈얼리, 아 던 라일 데이팅 프로그램스Actually, I don't like dating programs.

'사실 나는 짝짓기 프로그램을 좋아하지 않아.'

—어디 보자, 다음은 스무고개 놀이네?

로버트가 눈을 반짝였다. 특히 기초 과정은 매회 똑같은 교재를 사용할 텐데 이런 놀이만큼은 여전히 즐거운 듯했다. 로버트가 어린아이에게 말하듯 내게 게임 규칙을 자세히 알려줬다. 그렇다고 나를 진짜 '아이'로 대하지는 않았는데 그 또한 마음에 들었다. 어떤 교사들은 타국 학생들을 아이 취급하며 때로 영원히 성장하지 않기를 바랐으니까. 아무튼 로버트의 설명을 요약하면 이랬다. 대상의 성격이나 성질을 나타낸 설명만 듣고 그것이 무엇인지 알아맞히기. 평소에도 나는 로버트가 하는 말 중 일부는 알아듣고 또 나머지는 그러지 못했지만 일단 고개를 끄덕였다. 로버트도 어느 정도 내 수준을 파악해 내 앞에선 비교적 쉬운 단어로 얘기했다.

—준비됐어?

—응.

로버트가 장난기 어린 눈으로 잠시 뜸을 들였다.

—음, 나는 과일이고 대체로 붉어.

나도 로버트의 기운에 맞춰 밝게 응했다.

—너는 딸기야?

—아니.

로버트가 득의양양한 표정을 지었다.

—그럼 너는 뭐야?

—나는 많은 경우 붉지만, 파랗기도 노랗기도 해.

나는 허공을 응시한 채 두 눈을 깜빡였다.

—복숭아?

—아니.

—그럼 너는 뭐야?

—나는 사탕이나 잼, 파이의 장식이 될 수 있어.

—체리?

로버트가 웃으며 고개를 저었다. 그러곤 몇 차례 더 힌트를 준 뒤 말했다.

—이건 너무 결정적인데, 나는 휴대전화 상표로도 유명해.

—사과!

—맞았어.

우리는 나머지 7강 과정을 이어갔다. 자국의 전통 요리법을 설명한다든가 몸이 아플 때 생각나는 음식, 죽기 전에 먹고 싶은 음식 등을 얘기하는 식이었다. 로버트는 여느 때처럼 능숙하게 그 사이사이 즉흥적인 질문을 섞었다.

—거긴 지금 저녁이야?

—응. 곧 저녁이야.

—너 밥 먹었어?

—아직.

—그럼 오늘 수업 끝나고 뭐 먹을 거야?

나는 왠지 틀에 박힌 답을 하고 싶지 않아 불량함을 가장했다.

—나 맥주 마실 거야. 오늘 이 수업을 잘 마쳤으니까 스스로에게 상을 주려고.

그러자 로버트가 재밌다는 표정을 지었다. 그러곤 곧 놀랄 만한 행동을 하나 했는데, 카메라 밖으로 손을 뻗어 숨겨둔 와인잔을 꺼내 들더니 내게 "치얼스!"라 한 거였다. 그래서 나도 엉겁결에 "치얼스!"라 대꾸했다. 우리는 같이 웃었다. 그리고 로버트의 돌발 행동을 보자 나도 약간 용기가 났다.

—로버트?

―응?

―사실 오늘 네게 할 말이 있어.

로버트가 의아함과 불안, 호기심이 섞인 눈으로 나를
봤다.

―걱정 마. 그렇게 무거운 주제는 아니야.

―그래?

―응. 있지, 오늘 이게 우리의 마지막 수업이 될 것
같아.

에코스에서 이별만큼 흔한 게 없는데 로버트의 얼굴에
살짝 서운함이 스쳤다. 그리고 나는 그걸 놓치지 않았다.
로버트가 애써 쾌활함을 유지했다.

―네 말대로 그렇게 무거운 주제는 아니네?

―······

―그렇지만 슬픈 주제인걸?

나는 최대한 의젓한 미소를 지었다.

―그렇게 말해줘서 고마워.

―······

―그래서 말인데, 지금부터 남은 시간 동안 우리 '수
업' 말고 그냥 '대화'하는 게 어때?

로버트가 화면 상단의 시계를 확인했다. 우리에게는 아직 십오 분 정도 시간이 남아 있었다.

—어디 보자…… 너는 어떤 이야기를 하고 싶어?

나는 괜히 능청을 떨었다.

—음, 솔직한 얘기?

로버트가 고개를 갸웃했다.

—이를테면?

—이를테면 내가 실제로는 교사가 아니라는 거?

로버트의 얼굴에 살짝 당혹이 스쳤다. 불과 며칠 전 '직업'을 주제로 한 수업에서 내가 한국 중등 교사로서의 어려움을 풀어놓은 적이 있어서였다. 심지어 나는 농담조로 학교 행정실장 흉도 봤다. 모두 전직 중학교 교사인 어머니의 삶을 빌려 꾸며낸 말이었다. 침묵이 더 길어지면 어색하겠다 싶었는지 로버트가 바로 말을 이었다.

—그럼 너는 지금 무슨 일을 해?

나는 차분하게 응했다.

—나는 지금 아무 일도 안 해.

—전에는?

—……그냥 회사원이었어.

—어떤 회사?

—광고회사.

로버트가 몸에 밴 추임새를 넣었다.

—그것참 멋지다.

나는 예의 바른 미소를 지었다.

—다 옛날 얘기야…… 일부러 속이려 한 건 아닌데 미안해.

로버트가 허공에 손사래를 쳤다.

—아니야, 아니야. 그럴 수 있지. 괜찮아.

우리는 잠시 침묵했다.

—나도 하나 말해줄까?

내 무안함을 덜어주려는지 로버트가 화면 아래로 팔을 뻗었다. 그러곤 아까 그 와인잔을 다시 꺼내 높이 들었다.

—나는 이걸 매일 마셔.

나는 좀 놀랐지만 별거 아닌 듯 반응했다.

—프랑스인처럼?

로버트가 받아쳤다.

—아니. 러시아인처럼.

로버트의 잔 안에서 검붉은 액체가 위태롭게 출렁였다.

—언제부터?

—은퇴하고부터.

나는 조심스레 한 걸음 더 다가갔다.

—얼마나?

로버트가 쑥스러운 미소를 지었다.

—네가 예상하는 것보다는 많이?

나는 침착하게 응했다.

—당신은 옷도 잘 입고 늘 괜찮아 보였는데.

로버트가 다시 부드럽게 웃었다. 그가 좀 더 젊었더라면 내가 반했을 미소였다.

—우리 다 그렇지. 그렇게 보이지.

나는 앞서 로버트가 한 말을 그대로 돌려줬다.

—그래, 우리에게는 '상황'이 있으니까.

로버트가 가만 내 눈을 바라봤다.

—하나 더 말해줄까?

나는 뭐라 대꾸하지 않았다.

—우리 아버지, 네가 정중하고 사려 깊은 조의를 표해준 그 남자 말이야.

—응.

—그렇게 좋은 사람은 아니었어.

—……

—모든 어른이 좋은 부모는 아니라는 거, 특별한 뉴스는 아니지.

나는 잠자코 있었다.

─그런데 내가 영화나 드라마에서 그런 이야기를 너무 많이 봤나봐. 왜 그런 거 있잖아. 누군가의 부고로 시작되는 이야기. 혹은 끝나는 이야기. 그로 인해 남은 이들이 고인을 또 인생을 전과 달리 이해하게 되는 이야기 말이야. 마치 '도미도미도미……' 오직 두 음으로만 구성된 구급차 소리가 어느 날 의미 있는 선율로 바뀌듯이.

─로버트, 미안해. 나 지금 네 말 잘 못 알아들었어. 조금만 천천히 말해줄래?

나는 로버트가 혹 취한 건 아닐까 걱정됐다. 그의 낯빛은 말짱했다. 어쩌면 커피로 각성하듯 로버트는 술을 마셔야만 정신이 맑아지는 사람인지 몰랐다. 그 점이야말로 중독의 특징이지만. 로버트가 대화창에 방금 전 자신이 한 말을 그대로 옮겨 적었다. 나는 재빨리 그 문장을 눈으로 좇다 모르는 단어가 나오면 번역 기능을 켜 한국어로 바꿨다.

─이해했어?

─응.

─사실 그래서 나, 내게도 그런 일이 생길 줄 알았어.

순간 "나도"라고 답할 뻔한 걸 겨우 참았다. 큰 교훈 없는 상실, 삶은 그런 것의 연속이라고, 그걸 아는 사람을 만나 정말 반갑다는 말을 하려다 말았다.

　—아무튼 별거 없었어, 우리 아버지 부고 안에는. 그 사람이 그렇게 좋은 부모가 아니었다는 거. 전혀 몰랐던 사실도 아닌데, 이미 알고 있던 걸 한 번 더 확인한 것뿐 인데, 그런데도 이 허전함은 어디서 오는 걸까?

　—……

　—이런 걸로도 뭔가 배우는 게 인생일까?

　—……

　—하긴 뭘 꼭 배우지 않으면 또 어때.

　로버트가 정신을 차리려는 듯 새삼 긴 한숨을 내쉬 었다.

　—미안. 너무 내 이야기만 했네. 너는 어때? 너는 또 어 떤 얘기를 하고 싶어?

++

　그래, 나는 무슨 말이 하고 싶지?

　로버트의 말을 듣자 헌수와 느긋하게 커피를 마시며 「러브 허츠」를 듣던 그날이 다시 떠올랐다. 당시 나는 스 피커에서 분명 '안녕'이란 말이 나왔다고 우기며 "아무래 도 저 가수가 곡 안에 일부러 한국어 낱말을 집어넣은 것

38

같다"고 했다. "중세 화가들이 그림에 새겨넣는 서명처럼 영어 가사 안에 슬며시 안녕이란 말을 심어놓은 듯하다"고. "아마 그런 식으로 자기 뿌리에 대한 애정과 흔적을 드러낸 게 아닐까?" 덧붙였다. 당연하게도 헌수는 내 말을 잘 못 알아들었는데, '뿌리'니 '흔적'이니 하는 게 대체 어느 맥락에서 나온 건지 혼란스러워하는 표정이었다. 그러다 얼마간 대화를 나누고 나서야 나는 내가 '킴 딜'을 재미 교포 3세쯤으로 오해했음을 깨달았다. 이름도 '킴'인 데다 화면 속 그녀가 거의 흑발에 가까운 갈색 머리카락을 길게 늘어뜨리고 있어서였다. 헌수는 "킴 딜의 킴은 경주 김씨, 김해 김씨 할 때 그 김이 아니라 킴벌리 Kimberley의 킴"이라고 정정해줬다.

—그래?

나는 놀란 투로 물었다. 헌수가 '뒤로 가기' 단추를 눌러 「러브 허츠」를 처음부터 다시 재생했다. 그러곤 내가 말한 문제의 그 대목을 찾으려 모든 부분을 주의 깊게 들었다. 하지만 곡 중간에 이르러 그만 허탈하게 웃고 말았다.

—암 영이네. 안녕이 아니라.

—응?

—여기 이 부분. 암 영, 아이 노우 I'm young, I know 하는 데.

헌수가 '뒤로 가기' 단추를 눌러 그 부분을 다시 들려
줬다.

—여기.

나는 두 눈을 끔뻑이다 뭔가 깨달은 듯 이내 창피한 표
정을 지었다. 헌수는 뿌듯한 듯 살짝 우쭐거리는 투로 뒤
에 이어지는 가사를 하나하나 부드럽게 해석해줬다. 영상
에 자막을 입히듯 원곡 위에 한국어를 씌웠다. 일부러 반
박자 늦게. 내가 두 언어 모두 음미할 수 있도록. 과거, 누
군가를 유혹할 때 같은 방법을 쓴 적 있다는 농담 따위를
하면서.

—I'm young, I know……

나는 어려, 알아.

나는 심각한 얼굴로 세 사람의 목소리를 경청했다.

—But even so I know a thing or two……

그렇더라도 한두 가지는 알아.

—I learned from you, I really learned a lot, really
learned a lot……

너한테 배웠어, 정말 많이, 정말 많이 배웠어.

순간 헌수가 팝송 가사를 해석한다기보다 두 사람의
목소리에 음을 얹어 함께 노래하는 것처럼 들렸다. 저들
과 전혀 다른 곳에서 다른 언어로, 그렇지만 결국 '똑같은

끝'을 향해 달려가는 느낌이. 잠시 후 노래가 끝나자 헌수는 "왠지 '가지 말라'는 청보다, '보고 싶다'는 말보다 '너한테 배웠어, 정말 많이 배웠어'라는 가사가 더 슬프게 다가온다"고 했다. 그렇게 말하는 사람의 마음을 왠지 알 것 같다며. "삶은 대체로 진부하지만 그 진부함의 어쩔 수 없음, 그 빤함, 그 통속, 그 속수무책까지 부정하기는 어려운 것 같다"고. "인생의 어두운 시기에 생각나는 건 결국 그 어떤 세련도 첨단도 아닌 그런 말들인 듯하다"고 했다. "쉽고 오래된 말, 다 안다 여긴 말, 그래서 자주 무시하고 싫증 냈던 말들이 몸에 붙는 것 같다"고. 아직 '인생'을 얘기하기엔 좀 젊다 싶은 세 살 연하 애인에게 나는 장난스레 물었다.

　—너는 그걸 누구한테 배웠어?

　헌수는 어깨를 으쓱하며 농담하듯 받아쳤다.

　—어린 시절 가난에게?

　나는 어려서부터 부모를 간병한 헌수의 청소년기를 떠올렸다. 병원 복도에서 문제집을 풀고, 조퇴와 결석이 잦으며, 친구들의 수학여행담을 못 들은 척하려 책상에 엎드린 한 소년을.

　—……

　—혹은 몇 번의 실연으로부터?

헌수는 어느 날 뇌졸중으로 쓰러진 아버지를 어머니와 함께 중고등학교 시절 내내 돌봤다. 그런데 아버지가 돌아가시고 일 년 뒤 어머니마저 폐암 진단을 받는 바람에 오 년간 또 어머니를 간호해야 했다. 대학 시절 포함 거의 십 년가량을 가족 간호로 보냈지만, 대학 졸업 즈음 졸지에 고아가 돼 병역을 면제받았다. 언젠가 침대에서 헌수는 "그 십 년 중 이 년 정도는 엄마가 나 빼준 거라 생각해"라며 우스갯소리를 했다. 그때만 해도 나는 헌수가 그런 농담을 하기까지 혼자 얼마나 많은 눈물을 흘렸을지 짐작하지 못했다. 그래서인지 헌수와 헤어지고, 6인실 보호자용 침대에 혼자 덩그러니 누워 있을 때면 더러 헌수와 함께 「러브 허츠」를 듣던 아침 풍경이 떠오르곤 했다. 휴대전화 화면에 뜬 이모 이름을 보고 불길한 표정을 짓던 내 모습과 그런 나를 걱정스러운 눈으로 지켜보던 헌수 얼굴도. 그때만 해도 그게 우리 관계의 파열음이 될 줄 몰랐는데. 이제 와 헌수 말을 빌리자면 "그런 일은 '그냥' 일어난다". 그리고 이번에는 그저 내 차례가 된 것뿐이었다. 그런데도 우리는 왜 그 앞에서 매번 깜짝 놀란 표정을 지을까? 마치 살면서 이별이라고는 전혀 겪어본 적 없는 사람들처럼.

안녕.

그래. 세상 많은 안녕.

병실에서 혹은 쇠락한 고향 골목에서 홀로 어둠과 마주하며 나는 종종 그 노래를 흥얼거렸다. 이미 많은 걸 잃었다 여겼는데 여전히 잃을 게 남은 삶 속에서, 자꾸자꾸 잃는 과정에서, 물수건으로 엄마 뒤를 닦고 엄마 눈을 본 뒤 몇 번이고 도망치고 싶었던 때, 그러나 그럴 수 없었던 때, 그러지 못했으나 거의 그럴 뻔했던 때를 떠올렸다. 어려서부터 가족 간병을 경험한 헌수는 어쩌면 그게 뭔지 너무 잘 알아서, 그걸 다시 겪을 엄두가 안 나서 나를 떠난 걸까? 아니 엄밀히 말하면 내 쪽에서 먼저 정중하게 도망친 거였지. 물론 칼같은 이별은 아니었고 그 뒤 몇 번의 재회, 몇 번의 잠자리가 있었다. 그리고 누구도 먼저 안녕이란 말을 꺼내지 않았지만 우리가 이제 다시는 못 볼 사이가 됐다는 걸 알았다. 그 밤 어둠 속에서 나는 헌수에게 물었다.

—헌수야.

—응?

—좋은 분들이었어?

—누가?

—너희 부모님.

헌수는 잠시 침묵하다 대꾸했다.

—응.

—다행이다.

—……

—나는 늘 부러웠거든. 자기 부모를 진심으로 좋아하는 사람들.

—……

그때 헌수는 내 말에 긍정도 부정도 하지 않았다. 그땐 미처 몰랐지만 아마 헌수 마음속에서는 하고 싶은 말과 해선 안 되는 말, 할 수 없는 말 등이 뒤엉키지 않았을까? 그리고 그건 '좋은 부모'나 '그렇지 않은 부모'의 문제와는 전혀 상관없는 일일지 몰랐다. 마치 내가 나의 삶에 계속 놀라게 되면서부터 다른 사람 삶도 잘 판단 않게 된 것처럼. 당연한 얘기지만 긴 시간 엄마 옆에 머물며 내가 가장 그리워한 사람은 헌수였다. 나와 결혼할 뻔한 사람이어서가 아니라 나와 같은 고독을 겪은 사람이라 그랬다. 헌수와 헤어지고 이 년 뒤 엄마 병실에서 쪽잠을 자는데 만취한 헌수에게서 전화가 왔다. 나는 보호자용 침대에서 일어나 휴대전화를 들고 슬며시 병원 복도로 나갔다. 그러곤 한 손으로 입을 가린 채 조용히 통화에 집중했다. 헌수는 내게 두서없는 말을 늘어놓다 엉뚱하게도 우리가 「러브 허츠」를 들은 날, 자신의 행동에 대해 사과했다. "만약 지금 너를 다시 만난다면 네가 틀렸다고, 이건 '안녕'이 아니라 '암 영'이라고 고쳐주는 대신 그래, 가만 들어보니 그렇게도 들리는 것 같다고, 콘크리트 보도에 핀 민들레마냥 팝송 안에 작게 박힌 한국어, 단순하고 오래된 '안녕'이란 말이 참 예쁘고 서글프다 해줄 텐데"라며 작게 훌쩍였다. 그러곤 그런 스스로가 창피했는지 서둘러 전화를 끊었다. 그날, 통화가 끝난 뒤에도 병실 복도에 한참 서 있던 기억이 난다. 그리고 이제 나는 헌수도 없고, 엄마도 없고, '다음 단계'를 꿈꾸던 젊은 나도 없는 이 방에서 '너한테 배웠어, 정말 많이, 정말 많이 배웠어'란 가사의 노래를 듣는다. 보다 정확히는 네가 아닌 너의 부재로부터 무언가 배웠다고. 그런데 여전히 그게 뭔지 모르겠어서 지금은 그저 이 노래를 들을 때마다 내 쪽에서 먼저 원곡 위에 '안녕'이란 한국어를 덧씌워 부른다고. 우리 삶에는 그렇게 틀린 방식으로 맞을 수밖에 없는 순간이 있고 아마 나는 그걸 네게서 배운 것 같다고.

나는 로버트에게 이런 이야기를 하고 싶었다. 하지만 그러지 못했다. 실력도 안 될뿐더러 지금 내 마음을 어색하게 번역했을 때 일어나는 어쩔 수 없는 누락과 손실이, 하찮은 세부 하나하나가 내 감정의 가장 중요하고 소중한 부분으로 느껴질 것 같아서였다. 기쁨이라면 상관없었다. 하지만 슬픔은 달랐다. 고통만큼은 내 슬픔의 언어, 감정의 뿌리, 모국어로 말하고 싶었다. 그렇지만 모국어로 말한들 과연 그게 온전히 전해질까? 그래서 이번에도 나는 고작 이렇게 말했다.

—로버트.

—응?

—우리말의 '안녕'에는 '반갑다'는 것과 '잘 가'라는 뜻 말고도 또 다른 의미가 있어.

—어떤?

—'평안하시라'는 혹은 '평안하시냐'는 뜻.

—그렇구나.

로버트의 순수하게 활짝 벌어진 동공을 보자 내가 생각보다 이 이별을 무척 아쉬워하고 있음을 깨달았다. 한시절 누군가와 정기적인 대화를 나눴다 해서, 긴장과 웃음, 안부를 나눴다 해서 헤어짐이 이렇게 서운할 줄은 몰랐다. 이상하지. 직장에서는 그 모든 게 지겨웠는데. 사회

적 감각의 스위치를 꺼두고만 싶었는데. 고향에서 엄마와 나 오직 두 사람만의 관계로 세계가 쪼그라들자 그 많은 언어가 그리워졌다. 실수하고, 변명하고, 거짓말하고, 반문하고, 더러 표 안 나게 유혹하고, 티 나게 매혹당하고, 긍정하고, 의심하고, 호응하는 사회적 몸짓들이. 그래서 그 일부를 한동안 내준 로버트가 필요 이상으로 소중하고 친밀하게 다가왔는지 몰랐다. 할 수만 있다면 한 번쯤 캐나다에 직접 가보고 싶을 정도로.

　―로버트?

　―응?

　나는 로버트에게 오늘 꼭 하려던 말을 했다.

　―안녕.

　그러자 저쪽에서 온화하게 나를 부르는 소리가 났다.

　―에이미?

　―응?

　나는 로버트의 말을 기다리며 눈을 크게 떴다. 그가 뭐라고 할지 알 것 같으면서도 그게 뭔지 직접 확인하고 싶었다. 그 말을 듣고 고개를 끄덕이고 싶었다. 그러면 내가 정말 평안해지기라도 할 것처럼. 그런데 로버트의 입이 벌어지는 순간 마치 정전이라도 된 양 에코스 화면이 자동으로 꺼졌다. 나는 '잔액 부족'과 '시간 종료' 문구가 뜬 노트북 화면을 멍하니 바라봤다. 지지직 소음을 내며 꺼진 구식 무전기처럼 혹은 깨진 픽셀 파일처럼 기이한 인상으로 '정지'된 로버트의 얼굴을. 상대에게 무슨 말을 하려다 결국 못 한 누군가의 입술을. 그래서 나는 오래전 들은 팝송에 한국어로 된 새 가사를 덧씌우듯 내가 듣지 못한 말을 스스로 중얼거렸다. 몇 해 전 헌수가 끄덕여준 대로 '안녕'이라고. 부디 평안하라고.

수면 위로

김연수

1

아직 기진이 살아 있던 시절, "또 아침이야? 지겨워 죽겠네"라고 말하며 잠에서 깨어날 때가 있었다. 그러면 그는 어이가 없다는 듯 나를 쳐다보곤 했다. "세상에 너처럼 부지런한 염세주의자는 없을 거야." 기진이 그렇게 말하면 나는 짜증부터 냈는데, 지금처럼 되고 보니 '부지런한 염세주의자'라는 표현만큼 딱 맞는 것도 없다. 진짜 염세주의자는 무기력에 빠져 그런 불평을 할 힘조차 없다. 오로지 귀찮다는 이유만으로 그 좋아하던 커피를 끊은 지도 벌써 몇 달째다. 침대에서 일어나지 못하고 뭉그적거리노라면 슬슬 배가 고파온다. 사람은 먹어야 살아갈 수 있는 존재라는 관념에 도전하기 위해 나는 밤새 충전해둔 스마트폰으로 손을 뻗는다. 묘한 일이지만, 극에 달하면 허기는 한풀 꺾인다. 어쩌면 무감각해지는 것인지도 모르겠다. 모든 일이 그렇듯이. 인간은 적응의 동물이고, 극에 달할 때쯤이면 이미 적응한 상태다. 그게 허기든 뭐든.

그렇지만 영원히 적응되지 않는 것도 있다. 예를 들어, 기진이 더 이상 존재하지 않는 세상. 어느 날 아침 눈을 떴다가 갑자기 기진이 이 세상에 없다는 사실이 너무나 분명해지면서 가슴이 두근거리고 호흡이 가빠올 때도 나는 스마트폰부터 찾아 유튜브에서 호흡하는 법을 검색했다. 그러자 "오늘은 호흡에 대해 말씀드리려고 하는데요, 여러분들, 호흡을 건강하게 하고 계신가요?"라고 말하는 의사가 나왔다.

"더 건강하고 싶지는 않아요. 어떻게 하면 숨을 쉴 수 있는지나 얼른 알려주세요."

나도 모르게 검은 뿔테안경에 흰 가운을 입은 화면 속 의사에게 말을 걸고 있었다. 시종일관 미소를 잃지 않는 얼굴과 두 손의 부드러운 움직임에서 전문직 종사자만의 신뢰가 느껴졌다. 나는 그의 대답을 기다렸다.

"궁금하시면 끝까지 봐주시고요, 도움이 되셨다면 좋아요, 구독, 알림 설정까지 해주시면 정말로 감사하겠습니다."

의사는 무척 친절했지만, 호흡하는 법은 좀체 가르쳐주지 않았다. 대신 유튜브 알고리즘의 오묘한 작용으로 나는 돈 한 푼 없이 전국을 돌아다닌다는 '유주'라는 사람의 동영상을 보게 됐다. 영상들은 코로나19 바이러스가 유행하기 전인 2018년에 찍은 것들이었다. 그중 한 편에서 호흡하는 법을 다루고 있었다. 동영상의 하이라이트를 보여주는 첫 부분에 바람 소리를 내며 흔들리는 대나무 숲이 나왔다. 목소리가 나오기를 기다리며 나는 화면을 바라봤다. 다른 동영상을 찾아볼까 싶을 때쯤 화면은 한낮의 햇살을 받고 서 있는 나무 한 그루로 바뀌었다. 큰 초록 잎이 많이 달린 나무였다. 늦여름에 촬영한 것인지 매미 소리가 들렸다. 그리고 목소리 대신 아래와 같은 자막이 흘러나왔다.

지난 동영상을 보신 분들은 아시겠지만, 저는 공황장애를 겪고 있어요.

호흡곤란이 자주 찾아오지요.

그럴 때 숨을 쉬기 위해서는 숨쉰다는 걸 잊어버려

야만 해요.

갑자기 숨이 막히거나 죽을 것 같아도 걱정하지 마세요.

결국 우리는 숨이 막혀 죽을 테지만, 그게 지금은 아니니까요.

다른 생각을 해보는 게 좋지만, 그게 쉽지는 않을 거예요.

그렇다면 지금 당장 제일 가까운 곳에 있는 나무 앞으로 가서 그 나무를 바라보세요.

'숨쉬기가 어려울 때마다 나무 바라보기'라는 제목의 그 동영상에서 그는 시급하게 나무를 바라봐야 할 여러 가지 상황에 대해 말하고 있었다. 숨을 제대로 쉴 수 없을 때가 가장 심각한 상황이지만, 다른 경우에도 나무를 바라보는 일은 꽤 도움이 된다는 것이었다. 예컨대 기분의 추세가 중요하다. 기분이 나빠지는 것 같다면, 당장 그 자리에서 일어나 가장 가까운 곳에 있는 나무 앞으로 간다. 그리고 나무가 한눈에 들어오는 자리에 서서 그 나무를 바라본다. 핵심은 바람을 보는 것이지만, 그건 눈에 보이지 않으니 나뭇잎과 가지의 흔들림으로 알아차릴 수밖에 없다. 가만히 서 있는 나무들도 바라보다보면 언젠가는,

그리고 어딘가는 반드시 흔들리게 돼 있다.

자막의 설명에 따라 나도 화면의 나무를 바라봤다. 매미 소리가 사라졌고, 나무는 가만히 서 있었다. 그러다가 왼쪽 아래의 이파리들이 살짝 흔들렸다.

가만히 있는 나무에서는 저 혼자 흔들리는 부분이 있는지 찾아보세요.
흔들리는 나무에서는 저 혼자 따로 흔들리는 부분이 있는지 찾아보세요.

나는 시키는 대로 그 나무를 바라봤다. 나무는 고요하게 서 있었다. 한참을 바라보다가 흔들리는 부분을 찾아냈다. 그러자 다른 부분도 흔들렸다. 나는 흔들리는 부분들을 계속 찾았다.

2

유주의 나무 바라보기는 효과가 있었다. 나는 정말로 숨을 쉰다는 사실을 잊어버렸고, 걱정할 만큼 호흡에는 문제가 없다는 걸 알게 됐다. 뜻밖의 효과에 놀란 나는 그의 동영상 목록으로 들어가 제일 오래된 것부터 순서대로 보기 시작했다. 일련의 동영상들은, 그의 표현을 그대로 빌리자면, '도저히 견딜 수 없는 인생의 비극이 일어난 뒤' 공황장애에 빠진 이십 대 젊은이가 무작정 떠난 여행을 통해 다시 살아갈 힘을 얻게 되기까지의 과정을 담고 있었다.

처음 그는 여행의 목적이 죽음을 이해하는 것에 있음을 암시하는데, 시작부터 두 대의 카메라로 자신과 주변을 촬영한 이유도 그것 때문이었다. 자막에 나오는바, '희망이나 낙관 같은 것이 없어도 얼마든지 여행할 수 있다'는 것을 밝히고, '죽음이 유일한 해결책이 될 수 있을 때는 그걸 피하지 않음으로써 거짓과 기만에 기대 살아가는 역겨운 인간들에게 경종을 울리는 기록을 남기고 싶었다'는 것.

유주는 경기도 양평을 시작으로 강원도와 충청도와 경상도를 여행했다. 어쩔 수 없는 상황이 아니라면 되도록 일해서 숙식과 여비를 해결한다는 원칙을 세웠다. 낯선 마을에 들어가면 제일 먼저 이장을 찾아가 일거리가 있는지, 하룻밤 신세 질 만한 곳이 있는지 알아봤다. 그러는 동안에도 항상 카메라를 켜두었기 때문에 히치하이크로 잡은 트럭의 운전사가 유주가 가려던 마을의 이장이라

일이 술술 풀리거나, 버스에서 만난 친절한 할머니의 권유로 한 시간이나 걸려 도착한 고랭지의 농장에서 그 아들에게 뜻밖의 냉대를 당하는 모습 등이 고스란히 동영상에 담겼다.

아무런 계획 없이 떠난 여행이었기에 다음 목적지에서 환대와 냉대 중 무엇이 그를 기다리고 있을지 알 수 없었다. 종일 맛있는 음식을 얻어먹으며 이야기만 듣다가 용돈까지 얻어가는 하루가 지나가면, 오가는 차량도 없는 이차선 국도를 비에 쫄딱 젖은 채 하염없이 걸어가는 다음날이 찾아왔다. 종종 사람들은 뜨내기인 그에게 말과 행동으로 상처를 주기도 했다. 그럴 때면 그는 무척 당황했다. 그중에는 그가 오랫동안 숨을 헐떡이는 동안, 막 뛰쳐나온 집 밖의 어두운 길을 보여주는 장면도 있었다.

그렇게 흘러 흘러 유주가 영천의 한 과수원에서 일할 때였다. 거기서 그는 적과를 마친, 자두만 한 크기의 배에 종이 봉지를 씌우는 일을 했다. 사다리를 타고 올라가 위에서부터 잎사귀 사이에 숨은 열매를 찾아내 봉지를 씌우면서 내려왔다. 나무 하나를 마치는 데 꽤 오랜 시간이 걸렸다. 그러다가 어떤 일이 생겼다. 나름대로는 섬세하게 작업했다고 생각했는데, 과수원 주인은 마음에 들지 않았던 모양인지 그렇게 묶다가는 배가 다 떨어진다, 시골 일이 우습게 보이냐 등등의 잔소리를 늘어놓았다.

내가 본 그 대나무 숲이 다시 나온 건 그때였다. 높이 솟은 대나무들은 바람에 따라 기우뚱거렸고 잎사귀들은 일제히 소리를 내며 반짝였다. 대나무들과 그 많은 잎들은 물리법칙에 따라 완벽하게 움직이고 있었다. 거기에 잘못 움직이는 것은 하나도 없었다. 그렇게 그는 자신이 숨을 쉬어야만 살아갈 수 있는 존재라는 사실을 잊었다.

그리고 아래에 자막이 이어졌다.

나무를 바라보며 이 세상 모든 것은 완벽하고, 거기에 잘못된 것은 하나도 없다는 사실을 알아차리세요.

심지어 그 사람이 제게 한 행동에도 잘못된 것은 하나도 없었습니다.

그게 그 여행에서 제가 배운 첫 번째 가르침이었죠.

더 놀라운 일은 그다음에 일어났어요.

저는 너무나 놀라운 분을 만났고, 그 뒤로 지금까지 올린 동영상들에 이렇게 자막을 달기 시작했지요.

자막을 단다는 게 무슨 의미인지는 다음 편에서 말씀드릴게요.

제 인생을 송두리째 바꿔버린 그 만남에 대해서도요.

기대해주세요.

궁금했으므로 나는 다음 동영상을 클릭했다. 첫 화면에 나온 건 식당 테이블 위에 놓인 카메라에 찍힌 유주의 얼굴이었다. 밑에서 위를 바라보는 각도였다. 얼굴 뒤로 벽에 붙은 메뉴판이 반쯤 보였다.

이 중국집의 오므라이스가 맛있다고 해서 먹으러 왔어요.
수프부터 주시네요. 먹어보겠습니다.

바로 그 순간, 메뉴판을 가리며 낯익은 얼굴이 화면에 등장했다.
"우리 얘기 좀 할래요?"
목소리를 듣자 더욱 분명해졌다. 그건 분명 기진이었다. 유주는 이후 장면을 하이라이트로 먼저 보여주는 식으로 동영상을 편집했다. 둘은 같은 테이블에 앉아 서로 말을 주고받기도 하고 오므라이스를 먹기도 했다. 그러다가 기진이 "그래서 저는 지금 몇 번째 이 하루를 다시 살아가고 있는 것입니다"라고 말했다.
하이라이트가 지나가자 동영상의 제목이 나왔다. 제일 먼저 '영천에서 오므라이스'라는 문장이 나타났고, 그 뒤

로 '먹다가 만난 시간여행자'가 이어진다는 건 조금 뒤에
야 알게 됐다.

3

　기진은 비밀이 많은 사람이었다. 하지만 그 점에 대해
나는 아무런 불만이 없었다. 우리는 비교적 늦은 나이인
삼십 대 후반에 만나 연애를 시작했다. 젊은 시절에 비해
열정이 줄어든 만큼 각자의 사적인 부분을 존중했다. 특
히 각자의 과거, 그중에서도 연애사에 대해서만은 금단
의 영역으로 여겼다. 물론 기진의 지난날이 전혀 궁금하
지 않았느냐면 그건 아니었다. 사랑이라는 건 묘한 것이
라 그의 삶에 내가 존재하지 않았던 시절마저도 나는 현
재의 일부로 받아들였다. 그렇기에 둘이 처음으로 같이
간 여행지에서 그가 익숙하다는 듯 낯선 골목으로 서슴없
이 걸어갈 때면 의아한 생각이 들지 않을 수 없었고, 그렇
게 찾아간, 대개 현지인만 안다는 숨은 맛집에서 음식을
먹노라면 나 이전에 그와 함께 여기에 왔을 그 미지의 사
람이 궁금하지 않을 수 없었다.
　하지만 내게는 불필요하고 심지어 관계에 균열을 가져

올 게 분명한 호기심을 해결하고 싶은 욕망이 전혀 없었다. 그건 나이 듦이 주는 축복이었다. 이따금 궁금증을 일으키는 그런 일들만 아니라면 우리의 관계는 아무런 문제가 없었다. 우리에게는 우리 둘뿐이었다. 둘 다 제도적 관계에는 관심이 없었고, 혼자 살아온 삶을 바꾸고 싶은 생각도 없었기에 우리는 가족이나 친구들에게 우리의 관계를 알리지 않았다. 가끔 기진이 우리 집에 오거나 내가 기진의 집에 가서 며칠씩 함께 지내기도 했지만, 결국 우리는 각자의 집으로 돌아갔다.

전혀 다른 성장 배경을 가진 두 사람의 삶을 혈연들이나 가질 수 있는 유대감으로 연결시키는 일에 우리는 거부감을 느끼고 있었다. 오히려 나는 아교 역할을 하는 그런 *끈끈한* 감정이 없이도 유지되는 우리의 관계에 자부심을 느꼈다. 고통으로 가득 찬 이 세상을 살아가는 한 명의 동료 인간으로서 우리는 서로에게 의지했다. 시간이 지날수록 나는 그를 깊이 사랑했고, 그 관계에 만족했다.

그렇기에 '영천의 오므라이스'라는 건 내가 아는 몇 안 되는 기진의 과거사 중 하나였다. 기진에게 그 이야기를 들은 건 몇 년 전 한 대학교의 노천극장에서 열린 피아노 연주회를 보고 난 뒤였다. 그 연주회는 다중 노출된 사진 같았다. 조명 아래 나방을 비롯한 날벌레들의 유영이 한눈에 들어왔고, 무대로 나온 피아니스트는 연주에 앞서 피아노 위로 하얗게 떨어진 벌레들부터 수건으로 닦아내야만 했다. 목관과 금관이 빠진 소규모 현악 앙상블과의 협연이었으나 노천극장이었으므로 당연히 거기에는 그 악기들의 소리만 있는 게 아니었다. 대형 전광판과 스피커를 설치하긴 했지만 어수선할 수밖에 없었다. 그럼에도 거기 모인 수천 명의 청중은 음 하나하나에 집중하고 있었다.

내게도 노천이라는 공간은 별문제가 되지 않았다. 마음에 걸렸던 것은 시간이었다. 장내에 입장하는 데 시간이 걸려 연주회는 예정보다 이십 분 정도 늦게 시작됐으니 그만큼 늦게 끝나게 돼 있었다. 그날은 기진의 집으로 가기로 했는데 문제는 내 자동차가 수리 중이라 대중교통을 이용해야만 한다는 사실이었다. 기진의 집에 가려면 전철과 버스를 갈아타야 했다. 앙코르 연주까지 듣고 일어섰다가는 노천극장을 빠져나오는 데 또 한참 시간이 걸릴 테고 버스 막차 시간 전에 갈 수 없을 게 분명했다. 시계와 무대를 번갈아 보다가 우리는 피아니스트가 무대에서 걸어나가는 것을 보고 자리에서 일어났다.

우리가 계단을 밟고 노천극장을 빠져나가는 동안, 청

중들은 기립해서 박수를 쳤다. 피아니스트에게 앙코르를 청하는 박수였다. 얼마 안 돼 그들이 환호성을 질렀다. 뒤돌아보지 않아도 피아니스트가 무대로 나오고 있다는 것을 느낄 수 있었다. 객석의 가장 높은 곳으로 올라갈 때까지 몇 번의 환호성이 반복됐다. 그러다가 장내가 조용해지는가 싶더니 어떤 음이 들렸고, 곧이어 청중들의 탄성이 흘렀다.

"은희야, 잠깐만."

뒤에서 계단을 올라오던 기진이 나를 불렀다. 내가 돌아보며 "빨리 가야 해"라고 나지막이 말하자 기진은 검지로 제 입을 가리고는 내 손을 잡아끌었다. 나는 기진의 옆에 나란히 섰다. 우리는 멀리, 피아니스트의 연주를 들었다. 어두운 밤하늘에 하나둘 별빛이 밝혀지는 듯, 피아노 음들이 하나씩 울렸다.

전철에서 내렸을 때는 깊은 밤이었다. 기진의 동네로 들어가는 마지막 버스는 이미 떠난 뒤였다. 달이 밝아 우리는 집까지 걸어가기로 했다. 빛과 어둠, 고요와 소음이 서로 교차하는 여름밤은 그 자체로 완벽한 오케스트라였다. 우리는 기껏해야 삼층이 가장 높은 건물인 읍내 중심가를 지나 왼쪽으로 북한강이 보이는 이차선 도로까지 천천히 걸었다. 그 길을 따라 걸어가면 기진의 동네가 나왔다.

"택시를 부를 걸 그랬나?"

내가 말했다.

"왜? 걷기 싫어?"

"쭉 뻗은 길을 보니까 벌써부터 진이 빠지는 기분이라."

"넌 은근히 쉬운 길을 마다하는 경향이 있더라."

기진이 말했다.

"길이 쉬우면 뭐해? 아까 불 꺼진 빵집을 보고 난 뒤부터 갑자기 배가 너무 고파졌거든. 나는 배고프면 오래 못 견뎌."

"나는 더 오래전부터 배가 고팠는데, 여태 참고 있는 거야. 아까 노천극장에서부터 배가 고팠어."

"그럼 나는 노천극장에 가기 전부터 배가 고팠어. 빨리 가자. 가서 뭘 좀 먹자."

내가 빨리 걷기 시작했다.

"우리 뭘 먹을까?"

기진이 내게 물었다.

"반건조 방어조림?"

"그걸 지금 어디서 구해?"

"그럼 다른 음식은 지금 구할 수 있나? 어차피 집에 갈 때까지는 어떤 음식도 못 먹을 텐데, 아무거나 먹고 싶은 음식을 말해야지. 너는 뭐 먹고 싶어?"

"글쎄."

기진이 생각에 잠긴 동안 나는 계속 중얼거렸다.

"매운 떡볶이 위에 올려진 모차렐라치즈도 먹고 싶고, 제주 흑돼지 근고기의 바싹 구운 비계 부위도 먹고 싶다. 너도 어서 먹고 싶은 거 말해봐."

"아까 앙코르곡 들은 뒤부터 먹고 싶은 음식이 있기는 한데."

기진이 말했다.

"앙코르곡? 드뷔시의 「달빛」? 그런 음악에 어울리는 음식이 뭘까?"

"그건 오므라이스야."

"겨우 오므라이스? 하지만 맛있겠다."

배가 고파서인지 금세 입에 침이 고였다.

4

그날 밤, 달빛 속을 걸으며 기진이 들려준 오므라이스 이야기는 다음과 같았다.

어느 날, 해 질 무렵 집으로 돌아와보니 엄마가 거실 피아노 의자에 우두커니 앉아 있더라고. 내가 열두 살 때였어. 뒤늦게 "다녀왔습니다"라고 외쳤는데도 반응이 없길래 엄마가 또 바뀌었다는 걸 알 수 있었지. 엄마는 우울증을 앓고 있었거든. 그건 시한폭탄 같은 거야. 몸속에서 째깍째깍 카운트다운이 시작되지만, 그렇다는 걸 아무도 몰라. 당사자도 몰라. 그러다가 한순간 쾅하고 터지지. 그때는 이미 늦은 거야.

나는 숨을 죽이고 내 방을 향해 걸어갔어. 언젠가 엄마는 내 어깨를 잡고 흔들며 "내가 정말 무서워하는 게 뭔지 알아? 지금 내가 얼마나 참고 있는지!"라고 소리친 적도 있었어. 그럴 때 엄마는 완전히 다른 사람이 돼. 아빠는 그럴 때는 엄마를 자극하지 말라고 내게 말했지. 그게 최선이라고 믿으면서 나는 엄마 쪽은 쳐다보지도 않고 내 방을 향해 걸어갔어.

그때 그 소리가 들렸어. 피아노 소리. 첫 음과 그다음 음. 그리고 또 이어지는 음들. 내 등 뒤에서 엄마가 피아노를 친 거였어. 거기 피아노는 원래부터 있었지만, 엄마가 피아노를 치는 걸 본 적은 한 번도 없었어. 끔찍한 것을 예상했다가 뜻밖에 듣게 된 피아노 소리는 너무나 아름다웠어.

며칠 뒤, 한 사람이 트럭을 몰고 왔어. 그는 피아노 조율사였는데, 전국을 돌아다니며 중고 피아노를 사들이는 일도 겸하고 있었지. 피아노의 상태를 확인한 그는 엄마에게 근처에 괜찮은 식당이 있는지 물었어. 엄마가 가보거나 전해 들은 식당을 몇 군데 말하자 그는 수첩을 꺼내 설명을 받아 적었어. 취미로 전국의 맛집을 찾아다니는 일도 하고 있으니 밥을 먹고 와서 피아노를 싣고 가겠다며 엄마에게 양해를 구했어. 그가 바로 피아노를 싣고 가지 않아 다행이었지.

그가 떠난 뒤, 내가 엄마에게 물었어.

"피아노 안 팔면 안 되나요?"

"왜 그래야 하지?"

"항상 여기 있었으니까, 계속 놔둬도 되잖아요."

"내가 산 게 아니라 아빠가 산 건데, 아빠가 팔라니까 파는 거야. 이젠 다 끝났어."

늘 있던 피아노가 없어진다는 사실이 나를 불안하게 했나봐.

"나도 피아노 배우고 싶은데요."

그런 식으로 나는 엄마를 설득하려고 했어.

"저번에 엄마가 친 곡 같은 거, 나도 치고 싶은데."

그러자 엄마가 말했지.

"이미 늦었어. 다 끝난 거야."

다시 집으로 온 조율사에게 엄마는 뭘 먹었느냐고 물었어. 그러자 그는 동네 안쪽에 있는 중국집에서 우동을 먹었다고 했어.

"그러고 보니 그 집에서 우동을 먹은 적은 한 번도 없었네요. 마음에 드셨나요?"

"전 어려서부터 짬뽕보다 우동을 좋아했습니다. 중국집 우동 말이죠. 맛은, 음, 짜장면 맛이 궁금해지더군요."

"짜장면은 맛있었어요."

"그럼 우동도 한번 드셔보세요."

"그럴 일이 있을까 싶네요. 곧 지방으로 이사를 가야해서요."

"걸어서 십 분도 안 걸리던걸요."

조율사의 말에 엄마는 대답하지 않았지.

"어디로 가시나요?"

또 물었지만 역시 대답은 없었지.

"아, 별 뜻이 있는 건 아니고, 제가 피아노 때문에 전국을 돌아다니느라 맛집을 많이 알거든요."

그제야 엄마가 말했어.

"경상북도 영천이에요."

"아, 영천이라면 오므라이스로 유명한 중국집이 하나 있어요."

조율사가 말했지.

5

중고차 사기범을 뒤쫓는 사립 탐정의 모험담을 보고 나면 팔공산 아래 쇠락한 모텔촌에 임장을 나간 부부가 부동산 경매 지식을 늘어놓았다. '칼퇴' 후 재래시장을 찾아가 '혼술'하는 여자가 있다면 학원의 통학 차량을 중고로 구입해 캠핑카로 개조한 뒤 시베리아 횡단 여행에 나선 배우가 있었다. 유튜브에는 세상의 모든 이야기가 있었다. 내가 잠시도 쉬지 않고 들여다본다고 해도 새로운 동영상이 올라오는 속도를 따라잡을 수는 없었다. 이는 내가 접하는 유튜브는 전체의 극히 일부분에 불과하다는 사실을 뜻했다. 그런 점에서 유튜브는 우리가 사는 세계를 닮았다. 우리는 이 세계의 극히 일부분만을 경험한다. 그건 이 세계에 대해 우리가 아는 것은 거의 없다는 뜻이다. 이게 진실이다.

그런 광활한 세계의 한 귀퉁이에서 기진이 무전여행을

하는 유주에게 "우리 얘기 좀 할래요?"라고 말을 걸고 있었다.

"네, 왜 그러시는지요?"

의아한 표정을 지으며 유주가 물었다. 기진이 앞자리에 앉았다.

"뭐 하시는 분인지 궁금해서요. 전혀 알 수가 없네요."

"저희가 언제 만난 적이 있나요?"

유주가 물었다.

"아니요. 없는 것 같아요."

"그럼 제가 뭐 하는 사람인지 알 수 없는 게 당연하지 않나요?"

"영천 분은 아닌 것 같네요. 여긴 어떻게 오신 건가요?"

기진의 물음에 유주는 대꾸하지 않았다. 유주의 표정에는 싫은 기색이 역력했다.

"아까부터 제가 여기 있는 사람들을 쭉 지켜봤는데, 처음 보는데도 낯선 사람은 그쪽뿐이에요. 그게 좀 신경이 쓰여 말을 걸어보고 싶었어요. 일이 있어서 온 건가요?"

"아저씨는 처음 보는데도 낯설지가 않네요. 혹시 포교하시려는 거라면 사양하겠습니다. 그만 자리로 돌아가주시죠."

그러면서 유주는 카메라를 힐끔 쳐다봤다. 촬영 중이

라는 사실을 기진에게 넌지시 알리려는 속셈이었을 텐데, 내게는 마치 도와달라고 눈짓하는 것처럼 보였다. 그 동영상을 촬영하던 2018년의 기진이 어떤 사람이었는지는 나도 알지 못했다.

"잘 설명할 수 있을지 모르겠지만, 한번 해보도록 하죠. 며칠 전, 잠에서 깬 뒤로 갑자기 기시감이 들기 시작했습니다. 분명 처음 보는 길인데 언젠가 와본 적이 있는 것 같은 느낌이 들고 누군가를 만나자마자 그 사람이 무슨 말을 할지 알 것 같았습니다. 전에도 이런 적이 몇 번 있었죠. 그때마다 저는 이 중국집으로 달려왔지요. 이 기시감을 없앨 수 있는 방법이 여기에 있다는 것을 아니까요. 그러다가 그쪽이 들어오는 것을 보고 어쩌면 나를 도와줄 수도 있겠다는 생각을 하게 된 거죠."

"도대체 무슨 말씀을 하시는 것인지?"

"그쪽이 어떤 사람인지 전혀 모르겠더라고요. 오므라이스를 먹으러 온 건가요?"

기진이 묻자 유주는 고개를 끄덕였다.

"잘 아시네요."

"이건 넘겨짚은 거예요. 여기 오는 사람들은 대부분 오므라이스를 먹으러 오는 거니까."

그때 문이 열리고 누군가 들어오는 소리가 났다. 둘은

문 쪽으로 고개를 돌렸다.

"그럼 저 사람들도 오므라이스를 먹으러 온 것이겠군
요."

유주가 말했다.

"아니에요. 저 사람들은 손님이 아니고, 다른 용무로 이
집 주인을 찾아온 사람들이에요."

식당 한쪽에서 중국어로 말하는 소리가 들렸다. 대화
가 멈춘 뒤에도 둘은 말이 없었다. 이윽고 주인이 음식이
든 쟁반을 들고 그들에게 다가왔다. "자리를 옮기셨네요"
라고 기진에게 말하며 주인은 둘 앞에 오므라이스를 내
려놓았다. 유주는 조금 전 들어온 그 사람들에 대해 물었
다. 주인은 이상하게 여기면서도 타이완에서 온 조카 부
부라고 대답했다. 왜 그러는지 주인이 되묻자 유주는 눈
동자를 굴리며 주인과 기진을 번갈아 쳐다봤다. 자신이
전에 본 적이 있는 사람들 같다고 기진이 대신 말하자, 주
인은 타이완에 갔던 적이 있느냐고 물었다. 왜냐하면 조
카 부부는 한국에 처음 온 것이었기 때문에. 기진은 타이
완에 가본 적은 없다고 대답했다. 주인은 웃으면서 자리
를 떠났다.

"언젠가 와본 듯한 골목, 한번 읽은 적이 있는 듯한 책,
언젠가 만난 적이 있는 듯한 사람…… 나도 제대로 설명

할 수는 없지만, 며칠 전부터 이런 식의 일들이 계속 일어나고 있어요. 말했다시피 전에도 몇 번 이런 일을 겪은 적이 있지요. 가장 확실한 증거는 입에서 느껴지는 어떤 맛이에요. 신맛이랄까, 그런 맛이 느껴집니다. 그러면 깨닫는 거죠. 아, 또 시작됐구나."

"뭐가 시작됐다는 말인가요?"

"일단 오므라이스부터 먹죠. 한번 먹어보세요, 어떤 맛인지."

기진의 권유에 따라 유주는 숟가락을 들었다. 그리고 한입 먹었다.

"어떤가요?"

"맛있네요."

"정말인가요?"

기진이 물었다.

"제가 이 오므라이스를 먹은 건 초등학교 5학년 때였어요. 집 밖에서 사 먹는 음식이라면 뭐든지 좋아할 만한 나이였지만, 처음 먹었을 때 맛있다는 생각은 들지 않았습니다. 그런데 함께 온 엄마는 너무 맛있다고 하더라고요. 그래서 잘 이해가 가지 않았죠. 하지만 이제는 알 것 같습니다. 엄마가 왜 이 오므라이스를 그토록 맛있게 먹었는지를."

"그래서 뭐 어떻다는 건가요? 솔직히 제게 왜 이런 얘기를 하시는지 모르겠어요. 오므라이스의 맛과 이 상황이 무슨 관계가 있나요?"

유주가 말했다.

6

피아니스트를 꿈꾸던 여자가 있었습니다. 그 여자를 사랑하는 남자가 있었고요. 둘 사이에 아이가 생겼을 때, 여자는 무척 당황했습니다. 아직 학생이었고 원치 않은 아이였기 때문이었죠. 남자는 여자에게 결혼해서 아이를 낳자고 설득했습니다. 여자는 다른 방법이 없었기에 대학을 중퇴하고 결혼을 하게 됩니다. 자신의 인생이 전혀 원하지 않았던 방향으로 흘러가고 있었지만, 속수무책이 되고 맙니다. 결혼한 뒤 바깥으로만 나돌던 남자는 여자의 대학 전공에 맞춰 무척 좋은 피아노를 집에 사들이지만 여자는 피아노에 손도 대지 않지요.

피아노는 결혼을 보증하는 물건인 양 거기 집안에 놓여 있지요. 여자는 아이를 가혹하게 대합니다. 특히 피아노에 손을 대거나 하면 못된 계모라도 되는 양 소리를 지르고 아이를 때리지요. 아이는 지금도 그 눈빛을 잊을 수가 없습니다. 여자가 저주한 대로 남자의 사업은 망하고 그들은 살던 집에서 쫓겨나게 됩니다. 남자는 여자와 아이를 이곳 영천에 있는 자신의 친가에 데려다놓고 혼자 서울로 올라갑니다. 무슨 수를 써서라도 재기해 다시 집을 구할 테니 그때까지만 여기 있으라는 말과 함께.

영천에 내려온 뒤 여자는 어떤 꿈을 반복적으로 꾸게 됩니다. 아이는 여자가 전에 쓰지 않던 이상한 말들을 하기 시작했다는 걸 눈치채죠. 여자는 사람들에게 "이게 뭐예요?"라거나 경우에 따라서는 "이 사람은 누구예요?"라고 말하지요. 자신이 아는 사람이든, 처음 만난 사람이든 말입니다. 그러면 사람들은 빠르든 늦든 여자가 말하는 '이게'나 '이 사람'이 누군지 깨닫고 당황하지요. 그 사실을 안 남자의 아버지는 여자에게 입도 벙긋하지 말라며 혼을 냅니다. 입이 근질근질거려도 참으라고요.

이제 여자의 목소리를 들을 수 있는 기회는 전화할 때뿐입니다. 아빠도 엄마도 모두 그리운 아이는 거실 전화기로 두 사람이 통화하는 걸 몰래 엿듣습니다. 여자는 시댁에서 남편 없이 지내는 것과 남자가 약속과 달리 자주 집에 오지 않는 것에 대해 불평하고, 남자는 최선을 다하고 있으니 연말이면 서울에서 크리스마스를 함께 보낼 수 있을 거라고 대답하지요. 그러자 여자가 "옆에 그 사람은 누구예요?"라고 묻습니다. 그때부터 남자는 아무런 말도 하지 않습니다. 이윽고 여자는 흐느끼고, 아이는 숨을 참습니다. 마침내 여자는 말합니다.

"크리스마스에 나는 여기 없어."

그게 무슨 뜻인지 아이는 다른 전화를 엿듣다가 알게 됩니다. 여자는 자주 어떤 '언니'와 통화를 합니다. 여자가 마음을 털어놓을 수 있는 사람은 그 사람뿐입니다. 아이는 거실 소파에 앉아 수화기를 살며시 들고 두 사람의 통화를 엿듣습니다. 여자는 영천에 내려온 뒤 몇 번이고 반복해서 꾼 꿈에 대해 말합니다. 겨울이고, 여자는 땅에 누워 떨어지는 눈을 맞고 있었다고 말합니다. 땅이 차가울 텐데 전혀 춥지 않아 이상하다고 생각하는 순간, 자기가 죽은 자신을 내려다보고 있다는 것을 알게 됐다고 말합니다. 아, 죽으면 모든 게 해결되는구나. 죽는 건 이렇게 좋은 것이구나.

그 꿈은 첫눈이 내리는 날 자신이 죽는다는 사실을 암시하는 것이라고, 그 꿈을 꾼 뒤로 자신에게 사람들의 운명을 볼 수 있는 눈이 생겼다고 여자는 말합니다. "아니야, 언니. 나는 그저 독이야. 나만 없어지면 돼. 애당초 태어나지 말았어야만 했어"라고 말합니다. 전화선 저편의

언니는 그런 여자를 달래지만, 여자가 "그때 애를 낳지 말았어야 했어"라고 말하자 결국 화를 내고 맙니다. 그 말에 아이는 울어버리죠. 그제야 여자는 아이가 모두 엿들었다는 것을 알게 됩니다. 여자는 절규하듯이 외칩니다.

"나도 좀 살자, 이 망할 놈아. 입 다물고 살자니 쉰내가 나서 견딜 수가 없어."

긴 이야기를 마친 기진은 오므라이스를 한입 먹었다. 유주도 그를 따라서 오므라이스를 먹었다. 그렇게 둘은 한동안 아무 말 없이 먹기만 했다. 그 모습을 보노라니 갑자기 입맛이 돌았다. 나는 동영상을 멈춘 뒤 부엌으로 갔다. 오므라이스까지는 바라지도 않았지만, 냉장고에는 먹을 만한 게 거의 없었다. 겨우 마늘을 찾아 알리오올리오를 만들고는 식탁으로 가져가 한입 먹었다. 배고프다는 느낌도 없었는데, 너무나 맛있었다. 포크로 파스타 면을 왕창 감아 입에 머금은 뒤 스마트폰을 다시 켰다. 동영상 속에서 기진과 유주가 오므라이스를 먹기 시작했다. 수저가 그릇을 긁는 소리, 사람들의 말소리, 문이 삐걱대는 소리 등을 들으며 나도 파스타를 먹었다.

"그 신맛 때문이 아니었을까? 그래서 이 오므라이스가 놀랄 정도로 맛있었던 게 아니었을까? 어느 날 문득 그런 생각이 들더군요. 그때쯤엔 나도 그 신맛이 무엇을 의미하는지 아는 나이가 됐죠. 그런데 이건 뭔가요?"

카메라를 가리키며 기진이 물었다. 그러자 동영상이 빠른 속도로 재생되며 둘의 목소리와 행동이 우스꽝스럽게 왜곡됐다. 화면 아래로는 '내 여행의 이유가 이렇게 긴 줄은 몰랐습니다'라는 자막이 나와 유주가 그 여행에 대해 설명하고 있다는 것을 짐작할 수 있었다. 다시 동영상이 정상 속도로 흘러가기를 기다리며 나는 파스타를 계속 먹었다.

"일정한 패턴이 있어요. 기시감과 신맛, 그다음은 자살 충동이지요. 엄마도 그랬고, 나중에 나도 그랬어요."

잠시 뒤 기진의 목소리가 다시 정상적으로 들렸다.

"이제 다 끝났다는 생각이 들면서 이미 여러 번 살아본 인생을 다시 사는 듯한 느낌이랄까. 예를 들어 찍은 영상을 몇 번이고 다시 돌려보는 것처럼 몇 번이고 오늘을 다시 살아가고 있다면 어떨까요? 아마 신물이 날 정도로 인생이 뻔하고도 지긋지긋해지겠지요. 내가 말하는 기시감과 신맛과 자살 충동이란 꼭 그런 느낌입니다. 시간여행자처럼 몇 번이고 다시 살았던 하루를 또 시작하는 듯한 느낌. 누가 무슨 말을 할지, 앞으로 내 인생이 어떻게 될지 다 알 것같이 느껴지면서 사는 게 무의미하다는 생각이 들지요. 그러다가 문득 궁금해졌습니다. 내가 같은 하루를 몇 번이고 다시 살아가고 있다면 그 이유는 무엇일까?"

기진이 말하고 있는 영상 아래로 유주가 단 자막이 지나갔다.

몇 번이고 이 동영상을 되돌려보고 나서야 저는 알아차렸습니다.

이분의 말은 바로 제가 하고 싶은 말이라는 것을.

어떤 시간여행자가 과거로 돌아가기로 결심했다면, 거기에 자신이 놓친 것이 있기 때문입니다.

신물이 날 정도로 인생이 뻔하고 지긋지긋하다면,

같은 하루를 몇 번이고 다시 살아가고 있다는 느낌이 든다면,

우리는 뭘 해야만 할까요?

"찾기 위해서죠. 지금 이 순간 내가 놓치고 있는 것이 무엇인가를. 지금 여기에서 그걸 찾아야 해요. 그게 내가 기시감, 신맛, 자살 충동을 느끼는 이유에 대한 나의 가설입니다. 그래서 지금 나는 몇 번이나 이 하루를 다시 살아가고 있는 것입니다."

어쩌면 우리 모두는 시간여행자일지도 모르죠.

지금 여기에 우리가 놓친 뭔가가 있습니다.

이게 제가 이 여행에서 배운 두 번째 가르침입니다.

7

기진이 나오는 동영상의 마지막 장면은 중국집 주인이 들고 온 오므라이스를 클로즈업해서 찍은 것이었다. 타원 모양의 오므라이스 위로 데미그라스 소스가 비스듬하게 뿌려져 있었다. 그리고 아래에는 '시간을 되돌려봤습니다. 지금 여기 완벽한 형태의 오므라이스가 있습니다'라는 자막이 달려 있었다. 거기까지 본 뒤 나는 '잘 봤습니다. 그날 그 사람의 이야기에 귀를 기울여주셔서 감사드려요. 지금 제 앞에도 완벽한 형태의 오므라이스가 있네요'라고 댓글을 남겼다. 그러곤 다시 침대로 가 침대와 벽 사이에 끼워둔 노트를 꺼냈다.

아침에 눈을 뜨면 제일 먼저 그 노트를 꺼내 누운 채로 끄적였다. 기진이 죽은 뒤 새로 생긴 습관이었다. 머릿속에 떠오르는 것이라면 다 적었다. 나는 그 노트에 진실만을 적기로 맹세했다. 그게 아무리 형편없고 엉망이고 낯이 뜨거울 정도로 날것의 문장이라고 해도 진실이라면 다 적었다. 처음에는 나의 진실이란 원래 그렇게 부끄러운 것인가 싶었다. 쓴 것들을 다시 들춰볼 엄두가 나지 않았기 때문이었다. 혹시 내가 죽기라도 해서 누가 이 기록들을 보게 될까봐 두렵기까지 했다. 그래서 쓰고 나면 그 즉시 찢어버리고 싶은 충동이 솟구쳤지만 나는 겨우 참았다. 그렇게 매일 아침마다 내가 진실이라고 생각하는 것들을 적어 내려갔다. 그게 진실이 맞다면, 나는 그걸 견뎌야만 한다고 생각했다. 그리고 이제는 안다. 그게 내게는 애도의 과정이었다는 사실을.

한 달 정도가 지난 뒤에야 나는 내가 쓴 것들을 다시 읽을 수 있었다. 쓸 때는 이해할 수 없었던 것들, 부끄러웠던 것들이 시간이 지나자 새로운 의미로 내게 다가왔다. 일어난 일은 바뀌지 않았지만, 그사이에 그 일을 바라보는 나의 시각이 달라졌기 때문이었다. 나는 노트의 여백에다 새롭게 알게 된 것들을 적었다. 그러면서 진실을 쓰는 일이 왜 중요한지 알게 됐다. 진실되게 쓴 문장들만 새로운 의미를 얻었기 때문이다. 나는 한 번 썼던 내용을 여러 번 다시 쓰기도 했다. 그건 일기가 아니었으니까. 예를 들어 기진과 내가 처음 만난 날에 대해 나는 여러 번 다시 썼다. 쓸 때마다 이야기는 조금씩 달라졌다. 그때는 그 만남이 무엇을 뜻하는지 전혀 알지 못했다. 하지만 이제는 내가 무엇을 놓쳤는지 확실히 알게 됐다.

그해 여름, 나는 일요일마다 양평의 한 절에서 열리는 법회를 찾아갔다. 오전의 고속도로는 나들이를 가는 차들로 막히곤 했는데, 그러다가 얼마 가지 않아 IC로 빠져나갈 때면 나 혼자 정상 궤도에서 이탈하는 듯한 기분이 들었다. 법회에서 스님은 좋은 말씀을 많이 들려줬지만 기억나는 것은 하나뿐이다. 깨달은 뒤, 부처님이 입을 다물고 그대로 사라지려고 했다는 이야기였다. 그 사실을 안 범천, 그러니까 신적인 존재가 부처님을 찾아가 깨닫게 된 것들을 설하지 않으면 고통받는 수많은 중생은 어떻게 하느냐며 설득했다. 부처님의 대답은, 사람들은 자신이 하는 말을 이해하지 못할 것이니 말하지 않겠다는 것이었다. 그 이야기를 듣고 나는 단박에 알아차렸다. 애당초 태어나지 않았다면 이 모든 고통이 없으니 지금이라도 존재를 지워나가는 게 옳은데, 그 말을 들을 인간은 아무도 없다는 바로 그 이야기를 부처님이 하시는 거라고. 내가 이해한 것이 맞을까?

매주 절을 찾아갔지만 그 이상의 해답은 얻지 못했다. 나는 원래부터 태어난 것을 후회하는 염세주의자였다. 당시 나는 다니던 회사를 그만두고 몇 년째 퇴직금과 대출금으로 생활하고 있었다. 나는 삶의 기술, 그러니까 돈 버는 기술을 완전히 잊어버렸다. 그러자 끔찍한 공포가 매일 밤 나를 찾아왔다. 태어난 것을 후회하면서도 비참하게 죽을까봐 염려하고 있었다. 이 모순된 생각 속에서 허덕이던 어느 날이었다. 그날은 자동차 없이 절에 갔기에 법회가 끝난 뒤 버스 정류장에서 전철역으로 가는 마을버스를 기다리고 있었다. 비가 억수같이 쏟아지고 있었다. 세상이 온통 물바다였고, 어느 순간부터 물속에 있는 것 같은 기분을 느꼈다. 언제까지 비가 내리려나 싶어 시커먼 하늘을 올려다보는데, 문득 '수면 위로'라는 말이 떠올랐다. 그때의 느낌을 여러 번 고쳐 쓰자 다음과 같은 이야기로 발전했다.

태어날 때부터 물고기는 물속에 있었다. 한 번도 물 밖으로 나가본 적이 없기 때문에 물고기는 자신이 자유가 뭔지를 모른다는 사실을 모르고 있었다. 그렇기 때문에 물고기는 자신이 자유롭다고 생각했다. 그러다가 어느 날, 물고기는 수면 위에 뭔가가 있다는 것을 알게 된다. 물고기는 그 뭔가의 이름을 부를 수가 없다. 그저 물의 바깥이라거나 물이 아닌 것이라고 부를 뿐이다. 아는 것이라고는 물뿐이라 그런 이름밖에는 붙일 수 없다. 그래서 거기 분명 뭔가가 있는데도 물고기는 수면까지 가서는 되돌아올 수밖에 없다. 물의 바깥, 물이 아닌 것은 물고기에게 없는 것이니까. 하지만 물의 바깥에서 물고기를 지켜보고 있는 우리는 그 이름이 하늘이라는 것을 안다. 물고기에게 없는 것이 우리에게는 있다. 그렇게 우리는 물 속의 물고기를 들여다보고 있다. 또 다른 뭔가는 그런 우리를 들여다보고 있을지도 모른다. 평생 자기의 생각 안에서만 헤엄치다가 그 생각 안에서 죽을 우리를, 그리고 그 생각 안에서 다시 태어날 우리를.

"우리 얘기 좀 할래요?"라며 기진이 내게 말을 걸어온 건 '수면 위로'라는 말을 떠올리며 하늘을 올려다보고 있을 때였다. 언제 왔는지 옆에 기진이 서 있었다. 그게 우리의 첫 만남이었다. 그때도 기진은 시간여행 중이었던 것일까? 그래서 내게 말을 걸었던 것일까? 그래서 그 순간 나의 인생이 완전히 바뀌어버렸던 것일까? 나는 노트 여백에 그렇게 메모한 뒤 노트를 다시 침대 옆 틈새에 밀어넣었다.

며칠 만에 처음으로 문을 열고 밖으로 나갔다. 집에서 십여 분 떨어진 작은 공원까지 걸어갔다. 이제 봄인가 싶었는데, 벌써 여름 바람이었다. 공원 한 부분은 초등학생이 크레파스로 칠해놓은 것처럼 원색이었다. 뭔가 싶어가봤더니 노랗고 빨갛고 하얀 튤립이었다. 세상에 이럴수도 있을까 싶을 정도로 저희들끼리만 또렷했다.

"너무 예쁘네요."

옆에 선 할머니가 내게 말을 걸었다. 나는 할머니를 돌아봤다. 당연히 처음 보는 얼굴이었다.

"그렇네요. 이렇게 예쁜 게 있었네요."

우리는 나란히 서서 바람에 흔들리는 튤립을 바라봤다. 할머니가 떠나고 난 뒤, 나는 스마트폰을 꺼내 드뷔시의 「달빛」을 검색했다. 첫 음과 그다음 음이 이어서 들렸고, 곧이어 유성의 꼬리처럼 다른 일련의 음들이 따라붙었다. 그러자 노천극장의 연주회에서 빠져나와 둘이서 걸어가던, 강변의 쭉 뻗은 길이 떠올랐다. 그건 오므라이스야, 라고 말한 뒤 기진은 이야기를 이어갔다.

8

그해 여름, 엄마는 거의 말이 없었지만 말하더라도 지긋지긋해 죽겠다는 말만 하고 살았지. 마치 그 여름을 수

백 번은 살아본 사람처럼. 아마도 엄마는 그 여름에 갇힌 기분이 아니었을까? 사방이 꽉 막힌 현실 속에서 어디로 도망갈 수도 없고, 그렇다고 받아들일 수도 없었던 게 아니었을까?

(수면까지 가서는 다시 물속으로 되돌아가는 물고기처럼?)

그 여름에 엄마가 한 가장 놀라운 행동은 내게 드뷔시의 「달빛」을 가르치겠다고 결심한 일이야. 어느 날, 엄마는 시장 한가운데에 있던 피아노 학원으로 나를 데려가더니 원장에게 첫눈이 내리기 전까지 이 아이가 드뷔시의 「달빛」을 칠 수 있게 해달라고 말했어. 뿔테안경을 쓴 원장은 그렇게는 못 가르친다고 했지. 아이라면 기초부터 차근차근 밟아 올라가야지, 다짜고짜 드뷔시는 곤란하다고. 엄마가 피아노에 대한 지식이 없는 사람이 아니라는 것을 눈치챈 뒤로 원장은 더 완강한 태도로 거부했어.

"알 만한 사람이 왜 이래요?"

원장의 말에 엄마가 표정을 바꾸면서 말했지.

"이게 뭐예요? 하얀 종이 같은 거 뭐예요?"

"어디에, 무슨 종이요?"

"제가 모르니까 묻는 거죠. 하얀 종이 같은 게 가방에 있는데, 이게 뭐예요?"

그러자 원장은 옆에 둔 가방에서 서류 같은 걸 꺼냈어.

"그거 얼른 버리세요. 집안 망해요."

엄마의 말에 원장은 소스라치게 놀라며 어딘가에 전화를 했어.

"여보, 그거 계약하지 말래요. 아니, 중국집 할매 아니고 오늘 처음 온 학부모가 그러는데…… 아무튼 하지 말아요."

전화를 끊고 난 뒤 원장은 한결 부드러운 목소리로 일단 학원에 등록부터 하고 「달빛」에 대해서는 차차 생각해 보자고 말했지. 하지만 이미 엄마의 관심사는 다른 곳에 있었어.

"중국집 할매는 무슨 이야기예요?"

"우리 동네 사람들은 집안 대소사가 있을 때마다 저기 중국집 할매한테 물어보거든요. 그 할매가 자미두수인가 하는 중국 별점을 잘 봐요. 다른 사람들 운명을 잘 맞혀요."

"어디 있는 중국집이예요?"

"역 앞에 있는 중국집."

"아, 거기가 오므라이스를 잘한다는 곳 맞죠?"

원장은 고개를 끄덕였어.

"영천에 가면 그 오므라이스를 먹어보라고 했는데 까맣게 잊고 있었네."

입을 다시며 엄마는 말했어.

(또 신맛이 느껴지셨던 걸까?)

엄마는 내게 오므라이스를 먹으러 가자고 말했어. 그
렇게 해서 「달빛」을 배울 기회가 날아간 거야. 하하하.

그 여름의 엄마는 지금 내 나이쯤이었어. 엄마는 뭔가
에 빠져 허우적거리는 사람 같았지. 나와 같다면, 엄마 역
시 나와 같은 의문 속에 빠져 있었던 게 아닐까? 나는 왜
사는 걸까? 애당초 행복을 원하지 않았다면 몰랐을 텐데,
결국 내게 행복은 어울리지 않는다는 사실만 알게 됐네.
인생이 점점 더 나빠지기만 한다면 계속 살아가야 할 이
유가 있을까? 그 중국집은 역 앞의 로터리에서 우측으로
길을 따라가면 나왔어. 시장을 빠져나와 역 쪽으로 걸어
가며 나는 엄마에게 어린이 잡지에서 본 만화 이야기를
들려줬어.

이차원 종이나라에서 사는 사람들이 있어. 그들이 아
는 건 평면뿐이야. 높이를 모르지만 아무런 문제가 없어.
어느 날, 삼차원 원통이 종이나라를 지나가기 전까지는.
원통은 밑면으로도 지나가고 옆면으로도 지나가. 어떻게
지나가느냐에 따라 종이나라 사람들에게 원통은 원으로
도 보이고 직사각형으로도 보여. 종이나라 사람들은 원통

이 원이냐 직사각형이냐를 두고 서로 논쟁하고 싸우다가 급기야 전쟁까지 일으켜서 서로를 죽이지. 전쟁은 끝나지 않고 삶은 고통으로 가득 차. 결국 종이나라 사람들은 하늘을 올려다보며 신에게 진실을 말해달라고 간청해.

(마치 몇 년 전, 버스 정류장에 서 있던 나처럼.)

종이나라 바깥의 삼차원 세계에 사는 신은 원통의 진실을 말하지. 원통은 원이고 직사각형이 아니다. 그러자 원이라고 믿는 사람들이 환호하지만 기뻐하기엔 아직 일러. 진실은 이제 시작이니까. 신은 또 말해. 원통은 원이 아니고 직사각형이다. 이번에는 직사각형이라고 믿는 사람들이 좋아하겠지. 하지만 그것도 진실의 전부는 아니야. 신이 수다스럽고 같은 말을 계속 반복하는 데에는 이유가 있는 법이야. 그래야 사람들이 이해하거든. 신은 또 말하지. 원통은 원이고 직사각형이다. 이번에는 다들 말도 안 되는 소리라고 외치지. 신은 한 번 더 말해. 원통은 원도, 직사각형도 아니다. 그 모두가 원통에 대한 진실이야. 이차원의 언어로는 삼차원의 원통을 이렇게 말할 수밖에 없는 거야. 그제야 종이나라 사람들은 자신들의 모자람을 깨닫고 무기를 내려놔.

(만화니까 종이나라 사람들은 금방 그 말을 알아들은 모양이다. 이 세상 사람들에게는 어림도 없지!)

인생도 그런 게 아닐까? 나는 행복하고 슬프지 않다. 나는 행복하지 않고 슬프다. 나는 행복하고 슬프다. 나는 행복하지도, 슬프지도 않다. 이 모두를 말해야지 인생에 대해 제대로 말하는 게 아닐까?

중국집 문을 열고 들어갔을 때, 엄마는 난생 그런 곳은 처음 본다는 듯 가만히 서서 실내를 둘러봤어. 얼어붙은 사람 같았지. 뭐가 그렇게 엄마를 놀라게 했을까? 그 뒤로 이따금 나는 눈을 감고 그때 엄마가 본 것을 상상하곤 했어.

(그러면서 기진은 내 손을 잡더니 눈을 감고 걸었다. 지금 생각하면 너무나 아름다운, 다시는 반복되지 않을 단 하나뿐인 밤이었다.)

제일 먼저 카운터의 벽에 기차 시간표와 함께 붙은 타이완의 달력이 보였을 거야. 윗부분에는 달걀 모양의 인물 사진이 두 개 있었는데, 하나는 총통의 것이고 하나는 그 아들의 것이었지. 몇 년이 지난 뒤에도 그 달력은 변함없이 그해 9월에 고정된 채 벽에 걸려 있었지. 9월의 달력에는 타이완대학교 사진이 인쇄돼 있었어. 손님들이 옛날 달력임을 지적하면, 주인은 장남이 그 대학교에 입학하던 해를 기념해 여태 걸어두고 있다고 대답하곤 했지.

조금 더 들어가면 한자가 적힌 붉은 천이 비스듬하게 붙은 벽과 홍등이 매달린 중국식 문이 보였겠지. 그 문을 열고 들어가면 식구들이 사는 안채가 나왔어. 그 붉은 천에는 이백의 시 「장진주將進酒」에서 따온, '금 술잔이 빈 채로 달을 마주하게 하지 말게나莫使金樽空對月'라는 글귀가 수놓여 있었는데, 엄마는 그것까지는 몰랐겠지. 이 모든 건 내가 나중에 그 집을 몇 번이고 찾아가고 난 뒤에야 알게 된 것들이니까. 그 이후로 나는 안 좋은 일이 생길 때마다 그 중국집을 찾아갔거든. 시험에 떨어지거나 연애에 실패하거나 큰돈을 날리거나. 그곳을 찾아갈 일은 주기적으로 찾아왔지.

(그리고 기진은 손을 놓더니 다시 눈을 뜨고 나를 바라봤다. 눈동자를 보니 마음이 놓였다.)

엄마와 나는 한쪽에 자리를 잡고 앉았어. 주문을 받으러 온 할머니에게 엄마가 대뜸 물었어.

"사람들 운명을 그렇게 잘 맞힌다면서요?"

"누가 그래?"

"시장에 있는 피아노 학원에서 들었어요. 제 운명도 한 번 봐주세요."

그러자 할머니는 몇십 년 동안 시장 사람들에게 빌려줬다가 떼어먹힌 돈이 얼마인지 셀 수도 없다며 하소연을 늘어놓기 시작했어. 얘기인즉슨 그런 것도 못 맞히는데 무슨 수로 남의 운명을 맞히냐는 거였지. 예상치 못한 반응에 당황하던 순간, 주방에 있던 할아버지가 밖을 내다보며 중국말로 소리를 질렀어.

"돈 얘기 하지 말라시네."

그러면서도 할머니는 뭐가 알고 싶으냐고 물었고, 엄마는 자기가 죽는 꿈을 꾸었다고 이야기했어. 엄마의 말이 끝나기도 전에 할머니는 단언했어.

"그건 엄청나게 좋은 꿈이야. 마음을 품은 생각은 모두 이뤄지는 길몽이지. 죽는 것만 못 하고 원하는 건 다 할 수 있어."

엄마는 말문이 턱 막혔어.

"어떻게 그렇게 말씀하실 수가 있어요? 덕담하시는 건가요?"

"운명을 말해달라며. 더 궁금한 게 있으면 저기 강가에 있는 성당으로 와. 거기 다니니까."

"점을 치신다면서 성당에 다니세요? 깜짝 놀랄 일뿐이네요."

"그만 놀라고, 뭘 먹을 거야?"

할머니가 말했어.

"글쎄, 우리가 뭘 먹어야 하나요?"

엄마는 또 바뀌었지. 어쩐지 뭔가 신나는 일이 생긴 사람 같았어.

"여기 오므라이스가 맛있다며 꼭 먹어보라는 사람이 있었는데, 정말 맛있나요?"

"그럼 그 사람 말을 믿어야지."

"갑자기 너무 배고프네요. 오므라이스 두 개 주세요."

엄마가 말했어. 그날 중국집을 다녀온 뒤로 엄마는 조금씩 달라졌어. 강가에 있는 성당의 예비 신자 교리반에 나갔고, 거기서 만난 사람의 소개로 역 소화물 코너에 일자리를 구했지. 여전히 아빠와는 소식이 잘 닿지 않았고 집에서는 입도 벙긋하지 않았지만 엄마는 이제 다른 곳을 바라보고 있었지. 그 다른 곳이 어디인지 나는 몇 년 뒤에야 알 수 있었어. 그렇게 엄마는 아빠와 헤어져 자신의 인생을 찾아갔어.

(이번에는 내가 기진의 손을 잡았다. 나는 기진에게 더 다정했어야 했다.)

그날 오므라이스가 나오기를 기다리며 우리는 이런 이야기를 주고받았어. 정말 맛있을까, 맛있으면 좋겠다, 하는. 나는 어린이 잡지에서 배운 대로 오므라이스의 진실에 대해서 말했어.

"오므라이스는 맛있고 맛없지 않습니다. 오므라이스는 맛있지 않고 맛없습니다. 오므라이스는 맛있고 맛없습니다. 오므라이스는 맛있지도, 맛없지도 않습니다."

"지금은 맛있지도, 맛없지도 않습니다. 하지만 이제 알게 되겠죠. 맛있는지 맛없는지."

종이나라 사람처럼 엄마가 말했어.

그렇게 우리는 오므라이스가 나오기만을 기다렸어.

(그렇게 우리는 집에 도착했다. 곧장 부엌으로 가 우리는 음식을 차리기 시작했다. 밤새 먹을 작정이었다.)

자장가

윤성희

1

    오늘은 고등학교에 입학하고 네 번째로 맞이하는 '짝짝이 양말의 날'이었다. 중간고사와 기말고사가 끝나면 우리 학교는 양말을 짝짝이로 신고 등교하는 행사를 했다. 영양사 선생님도, 급식소 아주머니들도, 경비 아저씨들도 다 짝짝이 양말을 신었다. 짝짝이 양말의 날을 만든 사람은 재작년에 암에 걸려서 일찍 퇴임한 교장 선생님이라는데, 기말고사가 끝나고 학생 한 명이 옥상에서 투신자살을 한 사건에 충격을 받아서 그런 날을 만들었다고 한다. 학생의 장례식을 마치고 교장 선생님은 재수를 하던 스무 살 시절로 되돌아가는 꿈을 꾸었다. 교장 선생님은 '스파르타'라는 이름의 기숙형 학원에 다녔는데, 그때 같은 방을 썼던 친구를 꿈에서 만났다. 둘은 운동장을 뛰었다. 누군가 창문을 열고 시끄러워, 공부나 해, 하고 외쳤다. 그러거나 말거나 둘은 계속 뛰었다. 이 바보들아, 이 바보들아, 그렇게 소리를 지르며. 꿈속인데도 숨이 찼다. 꿈에서 깬 뒤 선생님은 오래전에 잊은 친구의 이름을 기억해보려 했다. 하지만 생각나지 않았다. 이름이 생각나지 않아서 선생님은 울었다. 친구는 원하는 대학에 들어가지 못했고, 삼수를 하러 다시 학원에 들어갔다가 자살했다는 소문을 나중에 들었다. 선생님은 친구의 이름은 잊었지만 그 친구가 짝짝이 양말을 선물해주었던 것은 기억이 났다. "우울한 날에는 이 양말을 신어줘." 생일날 양말을 선물하면서 친구는 말했다. 선생님은 다음날 짝짝이 양말을 신고 출근을 했다. 복도에서 마주친 학생들이 한마디씩 했다. "쌤, 양말 잘못 신었어요." 그때마다 선생님은 이렇게 말했다. "몰랐니? 오늘은 짝짝이 양말을 신는 날이야." 그렇게 해서 짝짝이 양말의 날이 생겼다.

나는 오늘을 위해 한 달 전에 사둔 양말을 신었다. 오른발에는 흰색을, 왼발에는 검은색을. 흰색 양말은 발바닥에 웃는 얼굴 모양이, 검은색 양말은 발바닥에 화난 얼굴 모양이 그려져 있었다. 엄마가 자기도 그렇게 신어보고 싶다고 해서 나는 엄마에게 나머지 양말을 주었다. 엄마는 양말을 신더니 제자리 뛰기를 했다. "몸이 가벼워진 것 같아." 엄마가 말했다. 우리는 소파에 앉아 발을 허공에 뻗고 사진을 찍었다. 엄마가 새 양말을 신어 기분이 좋다며 학교까지 차로 데려다주었다. 가는 길에 내년 짝짝이 양말의 날에는 친구들하고 무지개색에 맞춰 양말을 신어보는 건 어떠냐고 말해서 나는 이미 그런 아이들이 있다고 했다. 1학기에 그렇게 신고 온 네 명의 아이가 '멋쟁이 양말 상'을 받았다고. "엄마, 체육 선생님은 신발까지 짝짝이로 신고 와. 그리고 짝짝이 양말을 신는 날은 꼭 운동장 달리기를 시켜. 양말이 그걸 원한다나." 오늘 4교시에 체육 수업이 있었다. 나는 먹구름 낀 하늘을 보면서 기도했다. 제발 눈이라도 와라. 실내 수업 하게 펑펑 내려라. 학교 앞에 도착해보니 깜빡하고 양쪽이 똑같은 양말을 신고 온 아이들이 자기처럼 똑같은 양말을 신고 온 또 다른 아이들을 찾아 양말을 바꿔 신고 있었다. 엄마가 그 아이들을 보며 예쁘다, 하고 말했다. 뭐가 예쁘다는 건지. 나는 엄마의 말이 이해되지 않아 고개를 절레절레 흔들었다. 1교시부터 눈이 내리기 시작하더니 2교시가 되자 평평 쏟아졌다. 3교시 국어 시간에 선생님이 바지를 걷어 우산이 그려진 양말과 눈사람이 그려진 양말을 우리에게 보여주었다. "이 양말을 사놓고 눈이 오길 얼마나 기도했는지 몰라." 국어 선생님은 시 한 편을 낭독해주었다. 선생님의 낭독이 끝나자 내 뒤쪽에서 누군가 응앙응앙, 하고 소리를 냈다. 당나귀 울음소리 흉내에 몇몇 아이들이 웃었다. 4교시가 되었고 체육 선생님은 야외 수업을 강행했다. "실내에만 있으면 오늘 신고 온 양말들이 얼마나 심심하겠니." 선생님은 말도 안 되는 말을 했다. "대신 운동장 달리기 말고 눈사람 만들기 대회를 하겠어." 장갑이 없어서 손이 시리다고 몇몇 아이들이 투덜대자 선생님이 그럴 줄 알고 목장갑을 한 박스 가져왔다고 말했다. 손바닥 부분이 빨간 고무로 코팅된 장갑이었다. 다 같이 그걸 끼니 웃음이 나왔다. 우리 조는 나무에 기대앉아 낮잠을 자는 눈사람을 만들었다. 팔짱을 낀 자세를 만드는 게 힘들었지만 그럭저럭 모양을 갖추었다. 행복한 꿈을 꾸는 중이면 좋겠다는 의견이 있어서 우리는 웃는 입 모양을 만들기 위해 초승달 모양으로 휘어진 나뭇가지를 찾아 운동장 구석구석을 뒤졌다. 테니스공을 주워온 아이가 그걸로 배꼽을 장식하자고 해서 참외 배꼽도 만들었다. 농구를 하는 눈사람을 만든 조도 있었다. 자유투를 던지기 직전의 자세가 그럴듯했다. "농구 선수치곤 너무 뚱뚱한 거 아냐?" 선생님이 농담을 했다. 가장 강력한 우승 후보였는데 심사를 하는 도중 공을 들고 있던 팔이 무너졌다. 물구나무를 선 눈사람을 만든 조가 우승을 했다. 눈사람도 짝짝이 양말을 신고 있었다.

하교 시간이 되자 누군가 어느 학교 강당이 무너졌다는 소식을 전했다. 아이들이 일제히 휴대폰을 보았다. 나는 보지 않았다. 여기저기에서 아이들이 뉴스를 전했다. 눈 무게를 이기지 못해 천장이 무너졌고 체육 수업을 하던 아이들이 갇혔다는 거였다. 조금 후에 아이들이 갇힌 건 맞는데 체육 수업을 하던 아이들이 아니라 배구부 학생들이라는 뉴스가 다시 전해졌다. 나는 집으로 가지 않고 꽈배기 이모네로 갔다. 가게 이름이 '꽈배기 분식'이지만 이름과 달리 꽈배기는 팔지 않았다. 나는 중학교 2학년 때 전학을 왔다. 삼촌이 동물원 매점을 운영하게 되면서 이혼한 엄마를 불렀기 때문이었다. 아빠는 이 주일에 한 번씩은 나를 보러 오겠다고 약속했지만 한 번도 지키지 않았다. 그럴 때마다 엄마는 사귈 때부터 약속을 지킨 적이 없었다며 아빠 험담을 했다. 그러면 결혼은 왜 했는지. 엄마가 아빠 험담을 하면 아빠가 못 견디게 그리워졌다. 그런 마음이 드는 날이면 나는 학교 앞에 있는 꽈배기 분식에 가서 폭식을 했다. 처음에는 떡볶이 2인분과 김밥 정도만 먹었는데 나중에는 거기에 돈가스와 쫄면까지 먹게 되었다. 그러던 어느 날 꽈배기 이모가 엄마에게 전화를 했다. 이모는 엄마가 동물원 매점에서 일한다고 했던 내 말을 기억해내고는 동물원에 있는 매점마다 전화를 걸어 내 이름을 댔다. 네 번째 매점에 연락했을 때 엄마가 전화를 받았다. "제 요리가 아주 맛있지는 않거든요. 그렇게 많이 먹을 정도로." 폭식을 하는 내가 걱정된다는 이모의 말에 엄마는 꽈배기 분식으로 달려왔다. 그리고 둘은 서로의 얼굴을 검지손가락으로 가리켰다. "혹시 스크류바?" 엄마가 물었다. 이모가 고개를 끄덕였다. "넌 이제 안경 안 쓰네?" 엄마가 라식 수술을 했다고 대답했다. 쌍꺼풀 수술도 했지만 그건 말하지 않았다. 그날 엄마는 이모의 음식을 맛보고는 내가 폭식을 할 정도의 맛집은 아니라는 결론을 내렸다. 엄마는 가게에 나만의 외상 장부를 만들어주었다. 단, 1인분만 먹는다는 조건으로. 엄마는 한 달에 한 번씩 내가 먹은 음식값을 결제하기 위해 꽈배기 분식을 찾았다. 그러면 이모는 평소보다 일찍 가게 문을 닫았고, 둘은 네발가락이라는 국물 닭발집에 가서 늦

게까지 술을 마셨다. "오늘은 눈이 와서 그런지 매운 쫄면
도 먹고 싶고 우동도 먹고 싶네." 나는 꽈배기 이모에게
말했다. "날마다 핑계지." 이모가 말했다. "꾸물꾸물. 하늘
이 뭔가 하고 있잖아. 그러니 맛있는 걸 먹어줘야지." 이
모가 쫄면과 우동을 반반씩 만들어주었다. 하지만 계란은
각각 하나씩 넣어주었다. 한 번에 1인분만 먹는다는 약속
을 한 뒤로 이모는 나만을 위해 반반 요리를 해주었다. 쫄
면을 먹고 있는데 교복 상의에 체육복 하의를 입은 학생
둘이 들어와 냄비우동을 시켰다. 아이들이 학교 강당이
무너진 이야기를 했다. "다 죽었겠지." "아마도." 그러면서
아이들은 후루룩 소리 내어 우동을 먹었다. 그 소리를 가
만히 듣다가 나도 후루룩 소리를 내며 쫄면을 먹어보았
다. 그러다 사레가 들렸고, 내 기침 소리에 놀란 학생들이
나를 쳐다보았고, 이모가 주방에서 칼을 든 채 뛰어나왔
다. 그런 이모의 모습을 보고 아이들이 웃었다.

고등학생 때 꽈배기 이모의 별명은 스크류바였다. 매
일매일 그걸 사 먹어서 그런 별명이 붙은 것은 아니고, 스
크류바 광고 노래를 하도 불러서 그런 별명이 붙은 것이
었다. 엄마 말에 의하면 고등학생 때 이모는 조그만 손거
울을 가지고 다녔는데, 거울로 자기 얼굴을 보면서 그 노

래를 불렀다고 한다. 이상하게 생겼네. 그렇게 한 소절을 부르고 얼굴에 난 여드름을 짜던 모습을 잊을 수가 없다고. 그래서 그런지 어울리는 친구가 없었다고. 나는 작년 이모의 생일날 스크류바를 열 개 사서 꽃다발을 만들어주었다. 그리고 스크류바의 광고 노래를 불러주었다. 고등학생 때 이모가 그 노래를 흥얼거렸던 이유는 골육종 암에 걸린 동생이 좋아하던 노래였기 때문이었다. 수술을 하루 앞두고 동생은 텔레비전에서 스크류바 광고를 보게 되었다. 낙타가 목을 꽈배기처럼 꼬는 장면에서 낄낄거리며 웃었다. 참 웃기는 광고다, 그렇게만 생각했는데 수술후 마취에서 깨어나자 그 노래가 머릿속에서 떠나지 않았다. 그때마다 웃음이 났고 그래서 긴 항암 치료를 견딜수 있었다. "그래서 이모, 가게 이름을 꽈배기 분식이라고 지은 거야?" 언젠가 내가 묻자 이모는 그건 아니라고 했다. 그냥 꽈배기 분식집을 인수한 것뿐이라고. 간판을 바꾸기 싫어서 그냥 둔 거라고. 그래서 나는 그럼 꽈배기도 만들어 팔라고 했다. 그러자 이모가 말했다. "인생이 자꾸 꼬여서, 그렇게 꼬인 것은 팔고 싶지 않아." 꽈배기를 싫어하면서 스크류바를 좋아하는 건 뭔가 모순되지 않느냐고 되물었다. 내 말에 이모가 고개를 저었다. "스크류바는 녹잖아. 녹으니 꼬인 게 사라지는 거지." 그 말을 들은 후로 이모의 음식을 먹을 때면 내 안에 있던 모난 것들이 조금은 사라지는 것 같았다.

집으로 가는 길에 나는 일부러 눈이 쌓인 길을 찾아 걸었다. 부러 흰색 양말을 신은 오른발로 하얀 눈을 밟고, 검은 양말을 신은 왼발로는 녹아서 지저분해진 눈을 밟았다. 그때마다 양말 바닥에 그려진 그림을 생각하며 중얼거렸다. 좋아. 싫어. 좋아. 싫어. 나는 스크류바 노래를 불러보았다. 이상하게 생겼네. 내 노랫소리에 앞에서 걷던 아저씨가 뒤를 돌아보았다. 얼굴에 커다란 혹이 있는 아저씨였다. 나는 그런 뜻이 아니라고 변명하고 싶었지만 말이 나오지 않았다. 아저씨가 내 쪽으로 한 걸음 다가왔다. 나는 달렸다. 큰길로 나가자 눈이 녹아 길이 질척였다. 횡단보도 신호등에 초록불이 깜빡였다. 십오 초. 뛰면 건널 수 있을 것 같았다. 교복 셔츠에 빨간색 쫄면 국물이 튄 게 보였다. 나는 횡단보도를 뛰면서 생각했다. 집에 가서 빨아야겠다고. 마지막 이 미터를 남기고 일 초가 사라졌다. 빨간불이 켜졌고, 오른쪽에서 트럭이 우회전을 하며 나에게 다가오는 게 느껴졌다. 응앙응앙. 어디선가 당나귀 울음소리가 들렸다. 한 번도 당나귀를 본 적이 없는데 당나귀 소리라는 것을 어떻게 아는 거지? 정신을 잃으면서 나는 그런 생각을 했다.

2

엄마는 여행 계획을 짜는 게 취미였다. 엄마의 노트에
는 스페인 남부 7박 8일 코스부터 중남미 20박 21일 코스
까지 다양한 여행 일정표가 적혀 있었다. 하지만 실제로
여행을 떠난 적은 없었다. "상상으로 여행을 하면 혼자 여
행해도 외롭지 않지." 엄마가 그렇게 말하면 나는 이렇게
물었다. "그럼 나랑 둘이는?" 그러면 엄마는 이렇게 답했
다. "상상으로 여행을 하면 둘이 가도 싸우지 않지." 엄마
는 다른 사람들의 여행기를 읽는 것도 좋아했다. 엄마의
환갑 기념으로 함께 패키지여행을 갔는데 거기서 엄마의
초등학교 동창을 만났다는 글이나, 길을 잃고 헤매다 어
느 마을에서 결혼식을 구경하게 되었는데 부부의 초대를
받아 1박 2일 동안 파티를 즐기고 왔다는 글들. 친구랑 싸
워서 혼자 미술관에 갔다가 거기서 사랑하는 사람을 만
나게 되었다는 글을 읽은 뒤 엄마는 오랫동안 그 블로거
의 글을 따라 읽었다. 결혼 준비 중 다투었다는 글을 올
린 뒤 블로거는 활동을 멈추었고, 엄마는 한동안 불면증
에 걸리기도 했다. "딸이 파혼한 것도 아닌데 왜 엄마가
잠을 못 자." 내가 핀잔을 주니 엄마는 만약 나에게 그런
일이 생기면 잠을 더 푹 잘 거라고 대꾸했다. "나라도 잘

자야 네가 내 걱정을 안 하지." 엄마의 말에 나는 입을 삐쭉 내밀고 말했다. 그래도 섭섭하니까 일주일 정도는 불면증에 걸려달라고. 엄마는 꼭 그렇게 해주겠다고 약속했다. 내 장례식이 끝난 뒤 엄마를 따라온 것은 그래서였다. 혹시라도 엄마가 잠 못 들까봐. 내 생각을 하며 밤새 눈물을 흘릴까봐. 하지만 엄마는 두 손을 배꼽에 올려놓고 반듯하게 누워서 아침까지 잠을 잤다. 새근새근, 아기처럼 숨을 쉬면서. 뒤척이지도 않았고, 새벽에 깨어나지도 않았다. 초승달이 상현달이 되고 보름달이 되는 동안 나는 엄마의 주변을 맴돌았다. 다행이다, 그렇게 생각하면서도 마음 한편에서는 엄마가 잠 못 이뤘으면 하는 생각이 불쑥 들었다. 엄마가 새벽 내내 거실 소파에 앉아서 해가 뜨기를 기다렸으면. 그러면 내가 그 옆에 앉아서 머리를 쓰다듬어줄 텐데. 엄마의 꿈속으로 들어가 내가 아직 여기 있다고 말해주고 싶었다. 하지만 꿈속으로 들어가는 법을 알지 못했다. 나는 슬펐다. 엄마가 잠을 잘 자서 슬펐고 엄마가 내 꿈을 꾸는지 아닌지 알 수 없어서 슬펐다. 그런 밤이면 나는 엄마의 코밑에 손가락을 대고 따뜻한 콧김을 상상했다. 그러면 참을 수 없이 추워지곤 했다. 그렇게 추워지고 추워지면 언젠가 사라질 수 있겠지. 보름달이 하현달이 되고 그믐달이 되었다가 다시 초승달이 될 때까지 나는 기다렸다. 내 생일날이 되었다. 엄마는 출근하지 않았다. 그동안 엄마는 단 하루도 쉬지 않고 출근을 했다. 원래 엄마는 월요일과 화요일에는 일을 나가지 않았다. 장사가 잘되는 금 토 일 사흘은 엄마와 삼촌이 같이 일을 했다. 그러고 나서 엄마가 월 화를 쉬고, 삼촌이 수 목을 쉬었다. 엄마는 월요일마다 베개 커버를 빨았다. 나는 베개 커버라고 부르고 엄마는 베갯잇이라고 불렀다. 나는 그 말이 싫었다. 베갯잇이라고 말하면 머릿속에서 자동으로 머릿니란 단어가 떠올랐다. 그러면 가렵지 않던 머리가 가려워졌다. 베갯잇. 베갯잇. 베갯잇. 나는 속으로 세 번 중얼거려보았다. 제발 머리라도 근질거리길. 하지만 아무 일도 일어나지 않았다. 엄마는 미역국을 끓이고 잡채를 만들었다. 매운 등갈비찜도 만들었다. 엄마는 달달한 등갈비찜을 좋아했고 나는 매운 등갈비찜을 좋아했다. 그래서 엄마는 늘 두 가지를 동시에 만들었다. 그랬는데 오늘은 내 생일이라고 매운 등갈비찜만 했다. 평소보다 더 맵게. "엄마, 이걸 어떻게 먹으려고. 먹지도 못하고 버리는 거 아냐." 엄마 옆에 서서 잔소리를 했다. 요리를 다 한 뒤 엄마는 장식장에서 가장 아끼는 그릇을 꺼냈다. 그리고 식탁에 상을 차렸다. "생일 축하해." 엄마가 컵에 콜라를 따르면서 말했다. 밥그릇도 하나, 국그릇도 하

나. 나는 식탁에 앉아 내 생일상을 가만히 바라보았다. 작년 생일엔 엄마가 끓여준 미역국을 먹지 않았다. 고등학교 입학을 앞두고 중학교 친구들이랑 1박 2일로 강릉 여행을 가기로 했는데 엄마가 허락을 해주지 않았고, 그것 때문에 화가 나서 며칠 동안 엄마와 말도 하지 않았기 때문이었다. "꼬라지 내면 너만 손해지." 엄마는 내가 화를 낼 때마다 그렇게 말했다. 그래, 맞다. 나만 손해다. 엄마가 남은 음식을 반찬통에 담았다. 파김치까지 싸는 걸 보니 꽈배기 분식에 가려는 게 틀림없었다. 나는 용기를 내서 엄마를 따라나섰다.

꽈배기 이모의 할머니는 손자가 태어나자 전국 사찰을 다니며 기와 불사를 했다. 기와에 오직 사대독자인 손자의 이름만 적었다. 할머니가 동생만 예뻐할 때마다 이모는 악몽을 꾸었다. 동생의 이름이 새겨진 기왓장이 하늘에서 떨어지는 꿈이었다. 기와는 바닥에 떨어져 산산조각이 났다. 꿈속에서 이모는 깨진 조각들을 모아 동생의 이름을 연결해보려 했지만 매번 조각 하나가 모자라 실패했다. 동생이 암에 걸렸을 때 이모는 그 꿈을 떠올렸다. 자신이 그런 꿈을 꾸어서 동생이 아픈 것만 같았다. 그러던 어느 날, 이모는 학교 앞에 있던 망한 분식집 앞에 쪼

그려 앉아 있는 사람을 보았다. 뭘 하는 거냐고 이모가 묻자 남자가 계단 귀퉁이를 가리켰다. 거기에는 희미하게 이름이 새겨져 있었다. "내 이름이에요. 내가 일곱 살 때 부모님이 여기서 문방구를 했거든요." 남자는 친구에게 사기를 당해 전 재산을 잃었다는 이야기를 들려주었다. 가족에게 돌아갈 용기가 나지 않아 한 달째 전국을 떠돌아다니고 있다고, 그랬는데 갑자기 아버지가 계단 수리를 하던 날이 떠올랐다고 남자는 말했다. 절대 무너지지 않을 거야. 우리 아들도, 우리 가게도. 시멘트가 마르기 전에 아들 이름을 새기고 나서 아버지가 했던 말도. 남자가 떠나고 난 뒤 이모는 볼펜을 꺼내 계단 귀퉁이에 동생의 이름을 써보았다. 그 후로 이모는 여기저기에 동생의 이름을 남겼다. 돌멩이에 이름을 써서 학교에서 가장 큰 나무 아래 묻었고, 쪽지에 이름을 써서 담장 틈새에 넣어두었다. 집 앞 가로등 기둥에도 동생의 이름을 적었다. 그 가로등이 동생의 방을 비추었기 때문이었다. 공사 중인 건물이 있으면 몰래 들어가 굳기 직전의 시멘트 벽에 동생의 이름을 새기기도 했다. 눈에 띄지 않도록 귀퉁이에 아주 조그맣게. 힘든 일을 겪은 뒤 이모는 다시 고향으로 돌아왔다. 그리고 계단에 새겨진 이름이 아직도 있을지 궁금해서 와봤더니 그대로 있었다. 망한 분식집 자리에는 꽈배기 분식이라는 가게가 들어서 있었다. 이모는 가게에 들어가 떡라면을 사 먹었다. 그리고 주인에게 가게를 팔 생각이 없냐고 물어봤다. 이모가 내게 그 이야기를 들려주었을 때 나도 왠지 분식집 벽에 내 이름을 적어두고 싶었다. 벽은 이미 다른 아이들의 낙서로 가득 차 있어서 나는 천장에 내 이름을 적었다.

엄마를 따라 이모네 가게에 오자마자 가장 먼저 내 이름을 찾아보았다. 내 이름 옆에 하트가 그려져 있었다. 나는 엄마의 귀에 대고 속삭였다. "고개를 들어봐, 엄마. 저기 내 이름이 있어." 이모는 엄마가 싸온 음식을 보더니 잠깐만, 하고 밖으로 나갔다. 그리고 잠시 후에 소주병을 들고 왔다. "장사는?" 엄마가 물었다. "방학이라 어차피 손님도 없어." 이모가 말했다. 이모는 잡채를 안주 삼아 술을 마셨다. 엄마는 등갈비찜을 먹었다. 원래부터 매운 걸 잘 먹는 사람처럼. "안 매워?" 이모가 물어도 고개를 흔들고는 계속 먹었다. 그렇게 말없이 한참을 먹다가 갑자기 피식, 하고 웃었다. 이모가 왜 그러냐고 묻자 엄마가 말했다. "걔 어렸을 때 생각나서. 한번은 내가 눈에 넣어도 안 아픈 내 새끼, 하고 말했거든. 그랬더니 막 우는 거야. 너무나 서럽게. 내가 왜 우냐고 물었더니 글쎄," 글쎄, 까지 말하고 나서 엄마는 소주를 연이어 두 잔이나 마셨다. "자기는 눈에 들어가기엔 너무 크다고. 그래서 울었대. 그게 갑자기 생각나네." 엄마의 말에 이모도 웃었다. 그때 학생들 셋이 가게 안으로 들어왔다. 아이들은 들어오자마자 즉떡이요, 하고 소리쳤다. "애들아, 미안하지만 오늘 하루만 파업." 이모가 말했다. 그러면서 다음에 오면 두 배로 많이 주겠다고 했다. 튀김만두도 서비스로 주겠다고. 오늘은 맛나 분식에 가서 떡볶이를 사 먹어도 섭섭해하지 않겠다고. 이모의 말에 북극곰이 그려진 티셔츠를 입은 아이가 대답했다. "그래도 의리가 있죠." 안경을 쓴 아이가 이어 말했다. "괜찮아요. 우리 엄마도 자주 파업해요." 단발머리 아이가 두 친구에게 노래방에 가자고 했다. 북극곰이 가고 싶지 않다고 하자 단발머리가 두 친구의 팔짱을 끼며 말했다. "오늘 내 생일이잖아." 나랑 생일이 같은 아이라니. 나는 아이들을 따라 노래방에 갔다. 안경은 댄스곡을 잘 불렀고 북극곰은 발라드를 잘 불렀다. 그리고 나랑 생일이 같은 단발머리는 랩을 잘했다. 그 아이가 랩을 잘 불러서 나는 기분이 좋아졌다. 아이들은 서로 어깨동무를 하고 마지막 곡을 불렀다. 태어나서 본 것 중에 제일 커다란 꽃. 북극곰이 그 부분을 부를 때 갑자기 안경이 소리쳤다. "애들아, 우리 여름에 강릉 가자. 가서 불꽃놀이하자." 안경의 말에 두 친구가 그러자, 그러자,

하고 답했다. "나도 데리고 가." 나도 소리쳐보았다. 생각해보니 태어나서 한 번도 불꽃놀이를 본 적이 없었다. 한 번도 보지 못했던 것. 한 번도 하지 못했던 것. 그런 것들을 생각하다보니 목이 아파왔다. 목이 메어 나는 박하사탕을 상상했다. 박하사탕이 목에 걸린 것뿐이라고. 그걸 꺼내기 위해 나는 아이들을 따라 노래를 불렀다. 목청껏. 마냥 좋았던 그때 불꽃놀이.

3

밖으로 나오니 눈이 내리고 있었다. 노래방 앞에서 아이들은 생일 축하한다는 말을 주고받은 뒤 헤어졌다. 나는 다시 꽈배기 분식으로 돌아왔다. 그사이 소주병이 하나 더 늘어 있었다. 이모가 엄마한테 올여름에 가게 문을 닫고 같이 여행을 갔다 오자고 말했다. 스페인도 좋고, 파리도 좋겠다고. 아니면 어디 휴양지에 가서 실컷 먹고 실컷 자고 오자고. "일흔 살이 되면." 엄마의 말에 이모가 일흔 살이 되면 트렁크 끌고 다니기도 힘들다고 했다. 그랬더니 엄마가 다시 대답했다. "그럼, 예순 살이 되면." "예순 살이 되면. 예순 살이 되면. 듣기 좋네, 그 말." 이모가 엄마에게 술을 따라주다 말고 갑자기 웃었다. "하하, 넌 언제 부자가 될 거야?" 엄마가 이모의 눈을 가만히 들여다보더니 대답했다. "하하, 예순 살이 되면." 그리고 이모에게 물었다. "너는 언제 연애할 거야?" 이모가 어깨를 으쓱하고는 대답했다. "예순 살이 되면." 그리고 엄마가 이모에게 또다시 물었다. "너는 언제 술 끊을 거야?" 이모가 조금 망설이다 대답했다. "예순 살이 되면." 그러고는 자리에서 일어났다. 이모가 가게 문을 열고 밖을 내다보며 마저 말을 했다. "눈 온다. 생각해보니 술은 일흔 살에 끊을래." 엄마가 자리에서 일어나 이모의 뒤에 가서 섰다. 이모의 어깨에 손을 올린 채 엄마는 내리는 눈을 오랫동안 보았다. "근데 나 여권도 없어." 엄마가 속삭이듯 말했다. "정말? 전 세계 수도를 다 외우는 네가?" 이모의 말처럼 엄마는 전 세계의 수도를 전부 외울 수 있었다. 세계에서 가장 높은 산도, 인구가 가장 많은 국가도 순서대로 말할 수 있었다. "이건 비밀인데, 사실 나는 여행이 무서워. 공항도 무섭고." 그렇게 말하고 엄마가 갑자기 눈물을 흘렸다. 이모가 엄마의 어깨를 쓰다듬어주었다. "사실 나는 영화를 예고편만 본다. 그래놓고 사람들한텐 본 것처럼 거짓말을 해." 이모는 혼자 영화를 보는 게 무섭다고 말했다. 그리고 천장을 손가락으로 가리켰다. 이모는 엄마에게 내가 천장에 처음으로 낙서한 사람이라고 말했다. 그 후로 다른 아이들도 천장에 낙서를 하기 시작했다고. 엄마가 고개를 꺾고 내 이름을 한참 보더니 말했다. "그 애 꿈을 꾸고 싶어서 나는 잠을 자. 어떤 날은 종일 자기도 해. 그런데도 한 번도 꿈속에 나오질 않아. 그게 무서워." 엄마가 우는 모습을 정면에서 보는 건 처음이었다. 엄마와 나는 즐거울 때는 같이 웃었지만 슬플 때는 서로 모른 척했다. 위로를 해주지 않는 엄마에게 가끔 상처를 받기도 했다. 엄마도 나에게 상처를 받았을까? 생각해보니 나는 엄마의 슬픔을 알아차린 적이 거의 없었다. 엄마는 들키지 않았으니까. 나는 엄마가 실컷 울 수 있도록 가게 밖으로 나왔다. 어렸을 때 나는 눈물샘이 자주 막혔다. 슬픈 일이 생기면 그때의 내 사진을 보았다. 눈이 붓고 눈곱이 낀 아기. 울고 싶어도 울지 못하는 아기. 다시 눈물샘이 막힌 아기가 된 기분이었다. 울고 싶은데 눈물이 흐르지 않는 아기. 나는 계단에 앉아서 눈을 맞았다. 내 몸을 그대로 통과하는 눈을. 눈이 펑펑 내렸다. 쌓인 눈을 보자 내가 죽은 게 어제 일처럼 느껴졌다.

나는 사고가 났던 사거리까지 걸어가보았다. 횡단보도 앞에서 한참을 서 있었다. 내 옆에 서 있던 여자가 누군가에게 전화를 걸었다. "기분이 꾸물꾸물해." 꾸물꾸물, 그 말이 너무 예뻐서 눈물이 날 것 같았다. 나는 여자를 따라 횡단보도를 건넜다. 그러다 사고가 났던 그 자리에 멈춰 섰다. 신호가 바뀌고 차들이 지나갔다. 내 몸을 통과해서. 다시 신호가 바뀌고 사람들이 건넜다. 마치 내가 보이는 것처럼 모두들 나를 피해서 지나갔다. 버스 정류장에 할머니 한 분이 앉아 있었다. 가까이 가보니 허공에 대고 그러게, 그러게, 하며 혼잣말을 하고 있었다. 나는 할머니 옆에 앉았다. 그리고 할머니 귀에 대고 속삭여보았다. "일 년 내내 눈이 왔으면 좋겠어요." "그러게, 그러게." "시간이 멈췄으면 좋겠어요." "그러게, 그러게." 할머니의 혼잣말을 듣다보니 지각을 자주 하던 미리가 생각났다. 미리는 전학을 와서 처음으로 사귄 친구였다. 예정일보다 두 달이나 일찍 태어나서 부모님이 이름을 그렇게 지었다는 농담을 자주 했다. 미리가 지각을 하는 이유는 다양했다. 어떤 날은 구름이 예뻐서, 어떤 날은 비가 내려서, 어떤 날은 좋아하는 노래가 가게에서 들려와서. "오늘은 어떤 아이가 바나나우유를 먹으면서 길을 걸어가고 있는 거예요. 그게 귀여워서 늦었어요." 미리가 그렇게 말하면 선생님들은 한숨을 쉬고는 그거랑 지각이랑 무슨 상관이 있느냐고 물었다. 그러면 미리는 이렇게 대답했다. 그 풍경

116

을 오래 간직하고 싶었다고. 그래서 바로 학교에 올 수가 없었다고. 한번은 점심시간이 지나서 학교에 온 적도 있었다. 어떤 할머니가 버스 정류장에 앉아서 트로트를 부르고 있었는데 가만히 들어보니 너무 구슬펐다고. 그래서 할머니를 따라 버스를 탔다가 종점까지 갔다 왔다고. 미리의 말이 생각나서 나도 할머니를 따라 버스에 탔다. 할머니는 자리에 앉자마자 졸기 시작했다. 버스 기사가 졸고 있는 할머니를 힐끗 보더니 어딘가로 전화를 했다. 한참 후, 아주머니 한 분이 버스에 타더니 기사에게 고맙다는 인사를 했다. 그리고 졸고 있는 할머니에게 다가가 어깨를 흔들었다. "엄마, 엄마. 집에 가자." 그러자 할머니가 눈을 떴다. 어리둥절해하는 할머니의 뺨을 딸이 쓰다듬었다. "다 왔어?" 할머니가 말했다. "응." 딸이 말했다. 할머니와 딸이 버스에서 내리자 기사가 손님들에게 오래 정차해서 죄송합니다, 하고 말했다. 나는 할머니를 따라 내리지 않고 종점까지 갔다. 종점에는 테니스장이 있었다. 나는 눈이 쌓인 테니스코트를 걸었다. 한 바퀴를 걷고 뒤돌아보았다. 두 바퀴를 걷고 또 뒤돌아보았다. 아무도 밟지 않은 새하얀 눈밭이 내 등 뒤에 있었다. 눈이 녹을 때까지 나는 그곳에 머물렀다. 사람들이 테니스를 치러 왔고 공이 왔다 갔다 하는 걸 구경하다보니 시간이 저절로 흘렀다. 봄이 되었고 나는 버스 정류장으로 가서 처음으로 오는 버스를 탔다. 그리고 반대편 종점까지 갔다. 등산 가방을 멘 사람들이 산으로 올라가고 있었다. 그 사람들을 따라갔더니 약수터가 나왔다. 거기에서 배드민턴 치는 사람들을 구경했다. 저녁이 되면 아무 버스를 타고 아무 동네에 내렸다. 탁구장에 가서 탁구 경기를 구경했다. 고개를 좌우로 움직이다보니 아무 생각도 나지 않았다. 그게 좋았다. 탁구장 벽에는 전국 아마추어 동호회 탁구 대회가 열린다는 포스터가 붙어 있었다. 날짜를 기억했다가 구경을 가기도 했다. 작은 능력이 생겼다. 탁구공이나 배드민턴 셔틀콕의 방향을 바꿀 수 있었다. 그래서 경기를 구경하다가 내가 응원하는 팀이 생기면 살짝 도와주곤 했다. 공중 부양이나 하늘을 나는 능력이 생기면 좋겠지만 그건 되지 않았다. 한번은 연날리기를 하는 아이들을 만나서 연에 매달려봤다. 하늘을 나는 양탄자에 탄 기분일 줄 알았는데 너무 무서워서 눈도 못 떴다. 한 달 내내 비가 내렸다. 그러고 난 다음 무더위가 시작되었다. 심심해서 탁구 경기를 방해했다. 안경 낀 아이와 이 교정을 한 아이가 시합을 하고 있었다. 안경 낀 아이의 공이 테이블을 벗어나려고 할 때마다 나는 입김을 불었다. 그때마다 교정을 한 아이가 어이없다는 표정을 지었다. 처음에는 한두 번만 방해하려 했는데 교정한 아이가 억울해하는 표정이 귀여워서 계속하게 되었다. 경기가 끝나고 두 아이가 모두 울었다. 두 아이는 서로에게 미안하다고 말했다. 이긴 아이도 울어서 나는 조금 당황했다. "내 비밀 장소에 가볼래?" 운동복을 갈아입은 다음 안경이 교정에게 물었다. 나는 둘을 따라가보았다. 둘은 탁구장을 나와 아파트 단지를 지나쳐 한참을 걸었다. 그러다 어느 버스 정류장 근처에서 안경이 갑자기 멈춰 섰다. "여기 기분이 이상하지. 갑자기 으스스하지 않아?" 그리고 자기 발밑을 가리켰다. 거기에는 '우리 동네에서 온도가 가장 낮은 곳'이라고 적힌 스티커가 붙어 있었다. 스티커 가운데에는 발바닥 모양이 그려져 있었다. 안경이 그곳에 두 발을 올리면서 말했다. "작년에 여길 발견했어. 마음이 힘들 때면 나는 여기에 와." 그 말에 교정이 두 팔을 펼치고 제자리 돌기를 했다. "나는 마음이 힘들면 제자리 돌기를 해. 어지러울 때까지." 열 바퀴를 돌더니 다시 입을 열었다. "여기서 도니까 덜 어지러운 것 같아." 그 말에 안경이 따라서 제자리 돌기를 했다. 나도 따라서 해보았다. 당연히 어지럽지 않았지만 어지러운 척 다리를 휘청거려보았다. 아이들이 떠난 뒤에도 나는 그 자리에 머물렀다. 으스스, 으스스, 그렇게 중얼거려보면서. 등이 서늘해지고 발이 시려오는 것 같았다.

4

장마가 지나갈 때까지 나는 그 자리에 서 있었다. 비가
그치고 탁구 시합을 했던 아이 중 한 명이 다시 찾아와
제자리 돌기를 한 번 더 하고 갔다. "미안하지만, 여긴 내
자리거든." 그러던 어느 날, 나처럼 교복을 입은 아이가
내게 말했다. 가슴에 아크릴 명찰이 두 개나 달려 있었다.
김지구. 이본. "둘 중 어느 게 네 이름이야?" 내가 묻자 아
이가 명찰의 이름을 차례대로 가리켰다. "비밀이야. 그냥
둘을 합해서 지구본이라고 불러." 지구본이 내 이름을 물
어봤다. 나는 양말을 보여주며 짝짝이라고 불러달라고 했
다. 지구본은 이 년 전에 교통사고가 나서 죽었다고 했다.
신호 위반을 한 오토바이가 좌회전을 하던 트럭을 받았
고, 트럭 기사가 핸들을 꺾다가 승용차를 받았고, 승용차
가 앞으로 밀리면서 횡단보도에 서 있던 지구본을 덮쳤
다고. 지구본은 지난봄부터 이곳에서 지냈다고 했다. 우
연히 지나가다 바닥에 붙어 있는 스티커를 보았다고. "사
람들이 여길 지나갈 때마다 내가 입김을 불어줘. 더 오싹

하게." 지구본은 낮에는 주로 이곳에서 시간을 보내고 저녁이면 집에 돌아간다고 했다. 집에 가서 엄마에게 자장가를 불러준다고. 지구본의 엄마는 딸이 죽은 후 잠을 이루지 못했다. 지구본의 엄마는 은행에서 일을 했다. 학원이 근처라서 퇴근길에 딸을 데리러 가곤 했는데, 그날은 지점장이 자기 딸의 결혼식에 와줘서 고맙다며 직원들에게 저녁을 샀다. 딸이 죽은 후 지구본의 엄마는 지점장을 미워했다. 그날 회식만 하지 않았더라면. 그 생각이 멈추지 않았다. 그러다 지점장의 딸까지 미워하게 되었다. 그래서 지구본은 매일 밤 엄마의 꿈속에 들어가 자장가를 불렀다고 했다. 그렇게 이 년을 불렀더니 이제는 잠을 잘 잔다고. "우리 엄마 잘 자게 하려고 내가 안 불러본 노래가 없어. 동요도 부르고, 트로트로 부르고, 그것도 안 돼서 아이돌 노래까지 불러봤다니까." 나는 지구본에게 어떻게 하면 꿈속에 들어갈 수 있는지 물어봤다. "그건, 비밀." 지구본이 입술을 삐죽거렸다. 내가 실망한 표정을 짓자 지구본이 다시 말했다. "나도 어렵게 알게 된 건데 쉽게 알려줄 수 없지." 나는 지구본에게 고백했다. 엄마가 내 생각을 하며 잠 못 이루기를 기도했다고. 엄마가 잠을 잘 자서 슬펐고, 그걸 슬퍼하는 스스로 때문에 더 슬펐다고. 내가 그렇게 못된 아이라고. 내 이야기를 들은 지구본이 팔짱을 끼고 한참을 망설이다가 친구 이야기를 해주었다. 또 다른 지구본 이야기를. 지구와 본은 유치원 때 만나 같은 초등학교와 같은 중학교를 다닌 사이였다. 서로의 일기를 교환할 정도로 단짝이었는데 한 친구가 전학을 가면서 갈라지게 되었다. 그래서 둘은 고등학교 교복을 맞춘 뒤 서로의 이름을 새긴 명찰을 하나씩 나눠 가졌다. "내가 죽었는데 글쎄 걔는 잠만 잘 자는 거야." 지구본은 그게 너무 속상해서 일부러 악몽을 꾸게 하기도 했다. "그러다 걔가 그만 불면증에 걸리고 말았어." 친구는 칠 년 동안이나 쓰던 지우개를 잃어버렸다. 초등학교 5학년 때, 지우개를 잃어버리지 않고 끝까지 다 쓰면 소원이 이루어진다는 말을 듣고 둘은 지우개를 하나씩 사서 나눠 가졌다. 지우개를 끝까지 다 쓰면 기념으로 놀이동산에 가서 바이킹을 타기로 약속도 했다. 친구는 지우개를 잃어버린 뒤 너무 속상해서 혼자 바이킹을 타러 갔다. 바이킹을 타는 동안은 실컷 울어도 괜찮았고, 그래서 일곱 번이나 연달아 바이킹을 탔다. "그날부터 불면증이 시작됐어. 걔가 좋아하는 세븐틴 노래를 불러줘도 안 통해. 지지난달부터는 걔 옆에 종일 붙어서 노래를 불렀어. 그래서 여기도 오래간만에 온 거야." 지구본이 내 손을 잡았다. 그리고 발바닥 스티커 가운데 섰다. "슬플 때 나는 여기에 서서 땅 아래로 사라지는 상상을 하곤 해. 그리고 지구 반대편에서 다시 태어나는 거지. 거긴 한마디도 알아 듣지 못하는 언어로 가득 찬 세상이야." 그러면서 지구본은 말했다. 사랑하는 사람을 잃은 사람에게는 언제든지 한 번씩은 찾아온다고. 잠 못 이루는 날들이.

나는 지구본을 따라 또 다른 지구본의 집으로 갔다. 그 아이의 집에 가보니 누가 지구이고 누가 본인지 알 것 같았다. 벽에 커다란 세계지도가 붙어 있었으니까. "저걸 보고 이름을 추측했지? 하지만 그건 편견일 수도 있어." 지구본이 웃으며 말했다. 또 다른 지구본은 침대에 누워 멍하니 천장을 바라보고 있었다. 지구본이 친구의 왼쪽에 누웠다. 나는 오른쪽에 누웠다. "손도 잡아." 지구본이 내게 말했다. 나는 지구본 친구의 손을 잡았다. "나는 꿈속에 처음 들어가는 데 세 달이나 걸렸어." 지구본이 말했다. 그렇게 어렵게 알아낸 비법을 알려줘서 고맙다고 말했더니 지구본이 별거 아니라고 했다. 자기도 사실은 누가 알려줬다고. "그냥 손을 잡고 같이 누워서 기분 좋은 상상을 하면 되더라고. 그리고 깜빡 졸기를 기다리는 거지." 지구본은 아빠랑 물총 싸움을 하던 어린 시절을 떠올린다고 했다. 지구본에게 그 비법을 알려준 사람은 수영

장 배수구에 발이 끼어서 죽은 아이였다. "그 아이는 아버지가 여장을 하고 유치원에 왔던 날을 떠올린대. 엄마가 돌아가시고 그 충격으로 말을 하지 못했는데, 아빠가 엄마 옷을 입고 유치원까지 왔더래." 아름다운 이야기네, 하고 내가 중얼거렸다. 지구본이 맞아, 맞아, 하고 대꾸했다. 나는 내가 들고 있던 풍선이 날아가 울던 어느 날을 떠올렸다. 아빠가 그 풍선을 잡기 위해 점프를 했고 그 모습에 엄마가 웃었다. 상상하면 상상할수록 그날의 풍경이 더 선명해졌다. 공원에 꽃이 피었고, 구름이 흘러갔고, 솜사탕이 점점 커졌다. 그러다 꿈속으로 들어갔다. 나는 바이킹을 탔다. 내 맞은편에는 두 명의 지구본이 앉아 있었다. 그 아이들은 웃으면서 비명을 질렀다. 그러고는 목이 터져라 노래를 불렀다. 노래방에 온 아이들처럼. 그 모습을 보다 생각했다. 이제 집에 가야겠다고.

발코니 건조대에는 내가 죽은 날 신은 짝짝이 양말이 걸려 있었다. 엄마는 퇴근하고 돌아오면 샤워를 하고 양말을 빨아 건조대에 걸었다. 그리고 다음날 다시 신고 출근을 했다. 마치 양말이 한 켤레밖에 없는 사람처럼. 양말을 빨고 나면 엄마는 텔레비전을 보았다. 오래전에 종영한 드라마를. 어떤 날은 흑백으로 된 드라마를 보기도 했다. 이미 세상에서 사라진 배우들이 등장하는 그런 드라마를. 엄마가 침대에 누우면 나는 옆에 누워서 엄마의 오른손을 잡았다. 새 운동화를 사고 싶어서 일주일 내내 「새 신」이라는 동요를 불러대던 어느 여름날을 떠올렸다. 새 신을 신고 뛰어보자. 내가 거기까지 부르면 엄마가 팔짝, 하고 큰 소리로 외쳐주었다. 어떤 날은 폴짝, 어떤 날은 펄쩍. 엄마는 그 부분을 마음대로 바꿔 불렀다. 첫째 날, 엄마의 꿈속에서 나는 눈에 들어가기에는 너무 커버렸다며 울었다. 둘째 날, 엄마와 킥보드를 탔다. 집 앞에 있는 개천 산책로였다. 나는 엄마가 걷는 속도에 맞춰 킥보드를 탔다. 그러다 조금씩 속도를 냈다. "엄마, 따라와봐요." 내 말에 엄마는 뛰었다. 엄마가 뛰어오는 게 느껴지자 나는 더 빨리 속도를 냈다. "나는 먼저 가요, 씽씽." 내가 외쳤다. 꿈속에서 엄마는 내 말을 여러 번 따라 했다. "나는 먼저 가요, 씽씽." 셋째 날, 동물원에서 솜사탕을 파는 아저씨가 나왔다. 가까운 매점이 있는데도 꼭 엄마한테 와서 추로스를 사 먹던 아저씨였다. 엄마를 짝사랑하는 게 틀림없었다. 나 몰래 데이트라도 좀 해, 하고 나는 엄마에게 속삭였다. 넷째 날, 할머니의 무릎을 베고 잠을 자는 어린 엄마를 만났다. 놀다 다쳤는지 무릎에 딱지가 앉아 있었다. 잠결에 엄마는 상처를 긁으려 했고 그때마다 할머니가 엄마의 손등을 살짝 때렸다. 나는 할머니에게 인사를 했다. "안녕하세요, 우리 엄마를 닮았네요." 할머니는 지금 엄마보다 더 젊은 얼굴을 하고 있었고 그래서 할머니란 말이 입 밖으로 나오지 않았다. 할머니가 말했다. "안녕하세요, 우리 딸을 닮았네요." 그러면서 할머니는 엄마의 가슴을 토닥토닥 두드려주었다. 나는 엄마의 귀에 대고 속삭였다. "나중에 내가 엄마의 엄마가 되어줄게. 그러면 엄마는 또 엄마의 엄마의 엄마가 되어줘." 그렇게 속삭였더니 할머니는 사라지고 내가 할머니가 되었다. 나는 내 무릎을 베고 누운 엄마의 머리카락을 쓰다듬었다. 무릎을 베고 누우면 나 아주 어릴 적 그랬던 것처럼 머리칼을 넘겨줘요. 나는 나지막이 노래를 불렀다. 엄마가 자면서 미소를 짓는 것 같았다. 내일 나는 세발자전거를 타다 넘어지는 엄마의 꿈을 꿀 것이다. 모레는 한글을 배우는 엄마의 꿈을 꿀 것이다. 모래와 모레를 헷갈리고 불가사리와 불가사의를 헷갈리는 아이. 그때마다 삼촌은 엄마에게 꿀밤을 먹일 것이다. 아프지 않게, 살살. 엄마는 그렇게 매일 한 살씩 나이를 먹겠지. 꿈속에서 엄마는 근사한 연애를 하고, 다정하면서도 책임감 강한 남자와 결혼을 하고, 아무리 화가 나도 방문을 걸어 잠그지 않는 딸을 낳을 것이다. 그 딸은 원하는 대학에 들어가지 못해 재수를 할 것이고, 엄마는 갑자기 살이 쪄서 탁구를 배우러 다닐 것이고, 로또복권 3등에 두 번이나 당첨될 것이다. 그 돈으로 예순 살이 되면 세계 일주를 할 것이다. 그때까지 나는 매일 밤 내 무릎을 베고 잠든 엄마에게 자장가를 불러줄 것이다. 내가 아주 어릴 적 엄마가 내게 그랬던 것처럼.

웨더링

은희경

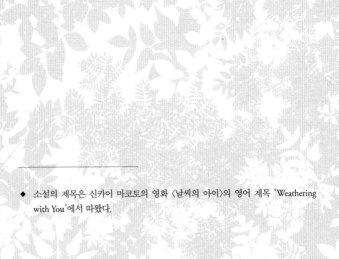

◆ 소설의 제목은 신카이 마코토의 영화 〈날씨의 아이〉의 영어 제목 'Weathering with You'에서 따왔다.

1913년 3월의 어느 날 클리퍼드 백스는 그의 형 아널드 백스와 밸푸어 가드너와 함께 여행길에 올랐다. 그들은 마요르카섬으로 가기 위해 먼저 기차를 탔다. 일행은 밸푸어가 초대한 구스타브 홀스트까지 모두 네 명이었다. 기차가 출발하자 밸푸어는 스페인어 책을 꺼내 읽기 시작했고 아널드는 여행에 필요한 짐을 모두 챙겼는지 생각에 잠겨 있었다. 조용히 차창 밖을 바라보고 있는 구스타브에게 클리퍼드가 먼저 말을 걸었다. 구스타브는 계속되는 공연 일정과 학교 강의에 지쳐 휴식이 필요했다며 초대에 고마움을 표시했는데 그럼에도 이 여행에서 자신이 가장 기대하는 것은 새로운 곡에 대한 영감이라고 덧붙였다. 구스타브가 최근 런던에서 출판된 앨런 리오의 『Horary Astrology』를 읽었다고 말하자 그들의 대화는 갑자기 활기를 띠었다. 점성술이라면 클리퍼드 역시 조예가 깊었던 것이다.

그들이 기차에서 대화를 나누는 장면은 1925년 출간된 클리퍼드 백스의 회고록에 이렇게 적혀 있다. '구스타브 홀스트는 오랫동안 장황하게 이야기했다. 가드너는 눈살을 찌푸렸다. 그러나 우리는 그가 말하는 것을 듣고 있을 수밖에 없었다.' 그 책에서 클리퍼드는 구스타브가 별자리점을 보는 데 능통했다고 전한다. 구스타브가 점성술을 공부했다는 내용은 그가 딸 이모겐 홀스트에게 보낸 편지에도 등장한다. 편지에서 구스타브는 이렇게 덧붙인다. '원칙적으로 나는 오직 나에게 음악적 영감을 주는 것만 공부한단다.' 이 두 가지 기록은 훗날 음악 해설자 앤서니 버튼에 의해 한 문장으로 정리되었다. '홀스트는 대규모의 관현악을 작곡하는 데에 어려움을 겪었지만, 점성술을 통한 행성의 스케일과 상징에 영감을 받아 비로소 이 곡을 완성할 수 있었다.'

구스타브와 클리퍼드 일행의 여행에 대한 더 이상의 기록은 없다. 마요르카섬의 날씨가 매우 좋았으리라는 건 충분히 짐작할 수 있다.

†

7월 마지막 주말에도 비는 계속해서 내렸다. 아침에 눈을 뜨자마자 시야에 들어오는 모든 것이 흐렸고 실내 공기는 눅눅했다. 기욱은 침대에서 내려와 막 물걸레질을 마친 것처럼 끈적이는 마룻바닥을 밟으며 창가로 다가가서 거리를 내려다보았다. 우산을 쓴 사람들의 움직임에서는 하나같이 외출하기 싫은 날의 마땅찮은 서두름이 느껴졌다. 발과 어깨가 차갑게 젖고 누군가가 가까이 오는 게 싫어지는 날씨였다. 공연장을 찾는 사람도 많지 않을 것이다. 그래도 서둘러야 했다.

기욱이 기차 출발 시각을 한 번 더 확인하기 위해 스마트폰을 켠 것은 서울역으로 가는 택시 안에서였다. 티켓의 날짜를 읽는데 뭔가 좀 이상하다고 느껴졌다. 예매가 당일이 아닌 다음날 날짜로 되어 있었다. 네 시간 뒤면 G시의 시립 도서관 무대에 서 있어야 하는데 내일 출발하는 승차권이라니. 기욱은 등받이에 기댔던 몸을 벌떡 일으켰다.

'승차권 예매'를 클릭해보니 애초에 그가 타려고 했던

기차의 좌석이 딱 한 자리 남아 있었다. 7C. 통로 쪽이고 역방향, 게다가 4인석이었다. 결제 버튼을 누른 다음 기욱은 곧바로 스마트폰을 껐다. 다행이라는 생각보다는 짜증이 먼저 일었다. 그다지 하고 싶지 않은 일을 하러 가는데 그 여정마저 꼬이게 만들었다는 건 두 가지로 해석할 수 있다. 그만두어야 할 때가 왔고 그 사실을 무의식적이나마 스스로도 감지하고 있다는 뜻이다.

지방 행사에 갈 때면 그는 기차의 맨 뒷자리를 선택하곤 했다. 사람들로 둘러싸이는 느낌이 싫었기 때문이다. 기차를 탄 뒤에도 되도록 옆 사람과 공유하는 가시거리를 차단하기 위해서 언제나 책을 읽거나 창밖에 시선을 두었다. 하지만 이번에는 그럴 수가 없다. 창가 자리도 아닌 데다 역방향에서는 멀미 때문에 책도 읽기 어려울 것이다. 꼼짝없이 사람들이 빼곡히 들어찬 기차의 한가운데 자리에 모르는 사람들과 마주 앉아 두 시간을 여행해야 한다. 그 생각을 하자 비 오는 주말의 지방 일정이 더욱 내키지 않았다.

기차에 올라탄 기욱이 자리로 다가가면서 먼저 본 것은 7D 좌석에 앉은 사람의 정수리였다. 희끗희끗하게 머리가 센 노인이었다. 기욱은 행사용 정장이 들어 있는 작은 캐리어와 메신저 백을 선반에 올려놓은 뒤 자리에 앉왔다. 형식적인 눈인사라도 나누려 했지만 노인은 창밖으로 시선을 향한 채 경치랄 것도 없는 플랫폼의 풍경에서 눈을 떼지 않았다. 무채색 줄무늬 남방셔츠와 면바지 차림에 샌들을 신었는데 발 옆에는 포트폴리오 백 같은 크고 납작한 검은색 가방이 세워져 있었다. 그 모든 것이 조금씩 젖어 있었다.

기욱의 시선이 비어 있는 두 개의 앞좌석을 향했다. 4인석에 딱 하나 남아 있던 7C 좌석이 잠시도 못 떨어질 만큼 할 말이 많은 일행 셋과 함께하는 게 아니라는 것만으로도 최악은 면한 셈이었다. 사실 기욱이 특히 견디기 힘들어하는 것은 두서없이 섞여 들려오는 사람들의 목소리였다.

인선과 준희가 그 자리에 와서 앉은 것은 청량리역을 지나 상봉역에서였다. 양손에 각각 우산과 테이크아웃 종이컵을 든 그들은 둘 다 검은색 옷을 입고 있었다. 인선은 미니 원피스에 레인 부츠를 신었고 준희는 반소매 블라우스와 정장 바지 차림이었다. 인선이 활달하고 세련돼 보인다면 좀 더 젊은 쪽인 준희는 내성적이고 꼼꼼한 인상을 주었다. 그들이 자리로 다가오는 모습을 보며 기욱은 자신이 택시 안에 우산을 놓고 내렸다는 걸 깨달았다.

창가 자리를 인선에게 양보하고 기욱의 맞은편 자리

에 앉은 준희는 잠시 어색한 표정을 지었다. 두 사람이 나란히 앉을 수 있는 곳이 그 자리뿐이라 예매를 했는데 앞 좌석과의 거리가 생각보다 좁았던 것이다. 부고를 들은 게 어제저녁이었으니 어쩔 수 없는 일이었다. 빈소에 다녀오라는 팀장의 문자는 준희가 약을 처방받으려고 병원 대기실에 앉아 있을 때 왔다. 방금 상담 의사에게서 되도록 밝은 생각을 하고 즐거운 자리에 자주 가라는 충고를 들은 참이었다. 만약 인선이 같이 가겠다고 하지 않았으면 지방까지 문상을 가는 일은 훨씬 힘든 여정이었을 것이다. 준희는 자기 앞의 탁자를 편 다음 그 위에 종이컵과 숄더백을 올려놓았다.

인선이 종이컵 속의 커피를 홀짝이며 창밖을 보고 있다가 준희 쪽으로 고개를 돌리며 말했다. "한 시간 삼십 분이랬지?" "네. 가깝죠." "진짜 가깝다." "선배, 한숨 잔다면서요." "커피 마셔서 이제 못 자." 인선은 자기 쪽 탁자를 펴려는 듯 몸을 앞으로 기울였다. 그 바람에 커피를 든 손이 앞자리 노인을 향해 가까이 다가갔다. 다음 순간 인선은 급히 다리를 끌어당겨 고쳐 앉다가 노인의 발 옆에 세워져 있던 검은 가방을 넘어뜨리고 말았다.

"어머, 죄송해요." 인선의 입에서 당황스러운 목소리가 흘러나왔다. 노인은 차창 밖으로부터 시선을 돌리더니 아무런 대꾸 없이 허리를 굽혀서 가방을 들어 올렸다. 그러고는 무릎 위에 놓고 지퍼를 열어 가방 안에서 A3 크기의 크고 두툼한 클리어 파일을 꺼냈다. 노인이 그것을 펼치자 확대 복사한 오선지 악보가 나타났다.

기욱의 눈이 재빨리 곡의 제목을 스캔한 것은 몸에 밴 습관이기도 했지만 무심코 봐도 눈에 들어올 만큼 글씨가 컸기 때문이었다. 그것은 악보라는 걸 안 순간 기욱이 넘겨짚었듯 취미 교실 색소폰이나 포크 기타를 위한 것이 아니었다. 관현악곡 풀스코어였다. 기욱은 노인의 옆얼굴을 똑바로 살펴보았다. 창 쪽으로 고개를 돌리고 있을 때는 알아채지 못했지만 어딘가 눈에 익은 얼굴 같기도 했다. "탁자를 펴드릴까요." 노인에게 말을 걸며 기욱은 또 한 번 그의 얼굴을 유심히 바라보았다.

네 개의 탁자가 모두 펼쳐지자 마치 회의 테이블처럼 그들을 더욱 가운데로 집중시키는 느낌을 주었다. 노인이 탁자 위에 악보를 올려놓았고 인선과 준희의 눈길도 그곳으로 향했다. 둘 다 속으로 곡명을 읽고 있었다. 준희는 생각했다. '여기서 연주를 할 것도 아니고, 악보를 펼쳐놓고 어쩌자는 거지?' 노인의 파일이 커서 대각선 쪽 탁자 귀퉁이까지 넘어와 자신의 숄더백 끈에 닿은 것도 못마땅했다. 안 자겠다던 인선이 갑자기 등받이에 기대 눈을 감는 걸 본 준희는 곧바로 숄더백 안에서 에어팟을 꺼내 귀에 꽂았다. 그러고는 SNS에 접속해서 피드를 올리며 글을 읽기 시작했다. 준희가 팔을 움직일 때마다 손목의 스마트 워치 액정에는 그녀의 플레이 리스트에 저장돼 있는 K팝의 제목이 나타났다. 규칙적으로 운동을 기록하고 '친구 초대' 기능을 이용해 공유도 해보라는 상담의사의 권유로 장만한 스마트 워치였지만 준희가 초대한 친구는 아직 한 명도 없었다.

전갈자리 인선의 별

눈을 감고 있었지만 인선이 잠을 청하는 건 아니었다. 자신이 왜 문상을 가고 있는지 생각하는 중이었다. 홍보팀에서 함께 일했던 후배의 부친상이었는데 인선은 부서를 옮긴 지 오래였으므로 굳이 가지 않아도 될 자리였다. 준희가 함께 가겠냐고 물어왔을 때 거절하지 않은 것은 헤어진 옛 연인 때문이었다. 몇 년 전 회사를 그만두고 고향인 G시로 내려간 그는 부친상을 당한 후배의 팀장을 지냈었다. 그 후배와 준희, 인선 모두 같은 팀이었던 시절이었다. 인선은 당시의 친밀했던 분위기로 보아 그가 동향이기도 한 후배의 부친상에 나타날지도 모른다고 생각했다. 그렇다고 해도 거기에서 그와 인선이 마주칠 확률은 얼마나 될까. 하지만 어젯밤 확인해본 대로라면 전갈자리와 천칭자리 별의 움직임이 나쁘지 않았다. 인선에게는 그 정도만으로도 우연을 기대할 만큼 미련이 남아 있었고 그것은 종종 자기암시로 이어졌다.

인선이 노인의 악보에 적혀 있는 곡명을 보고 깜짝 놀란 것은 당연한 일이었다. 오래전 출장길에 뉴욕 링컨센터에서 그와 함께 들은 음악이었던 것이다. 음악회에 갈 때는 직장 동료 사이였지만 그날 이후, 아니 정확히 말하면 이틀 뒤부터 연인이 되었으니 각별한 의미가 담긴 곡이었다. 그 음악의 곡명을 누군가 인선의 눈앞에 펼쳐 보여준다면 그것은 일종의 계시가 아닐 수 없었다. 옛 연인을 만날 확률이 급상승하여 일백 퍼센트에 수렴하는 게 느껴진 인선은 뛰는 가슴을 진정시키기 위해 등받이에 머리를 기대고 눈을 감았다.

뉴욕 출장은 좀처럼 오기 힘든 기회였다. 인선에게는 첫 번째 외국 출장이기도 했다. 인선은 바쁜 일정을 쪼개야 하는 귀한 개인 시간에 음악회에 가겠다는 그를 따라나설 마음이 처음에는 전혀 없었다. 클래식 음악도 연주회도 관심 밖이었다. 낯선 도시를 혼자서 돌아다닐 자신은 없었으므로 연주회장 근처의 콜럼버스 서클에서 쇼핑이나 할 생각이었다. 하지만 연주 시간이 오십이 분밖에 되지 않으며 태양계의 일곱 행성에 관한 곡이라서 나사의 동영상이 배경으로 펼쳐진다는 그의 설명에 마음이 움직였다. 작곡가가 점성술에 영향을 받아 곡을 만들었다는 것이 결정적이었다. 인선이 막 별자리점에 재미를 붙여서 만나는 친구들마다 사주를 묻곤 하던 시기였던 것이다.

음악회가 한 시간 정도라면 굳이 따로 동선을 정할 필요가 없겠다고 인선이 말하자 그는 안심한 듯 싱긋 웃었다. 그때만 해도 인선은 그가 한 장은 버릴 셈 치고 값비싼 티켓을 두 장 예매해놓았다는 데에는 생각이 미치지 않았다.

인선은 처음 가본 연주회장의 분위기에 압도되었다. 높은 천장과 샹들리에, 기하학적인 벽의 아름다운 요철, 관객석의 조용하고 격식 있는 설렘과 소곤거림까지. 비어 있는 오케스트라 단원석의 촘촘한 의자들 너머 벽 뒤에서 각자의 악기를 조율하는 소리는 인선에게 작은 전율을 일으켰다.

마침내 연주가 시작된 순간에는 얼굴의 피부가 팽팽하게 잡아당겨지는 느낌이었다. 수많은 악기들이 번갈아 등장했다가 사라지면서 그 사이로 선율과 리듬이 자유롭게

춤을 추듯이 드나들었다. 불길한 흐름이 옆구리 쪽에서
서서히 밀려드는가 하면 군대의 행진을 연상시키는 단속
적이고 무자비한 소리의 소나기가 머리 위에서 갑자기
쏟아져 모든 것을 덮어버렸다. 다음 순간에는 그것들의
파편을 굉음이 휘감으며 쓸어가버렸고 다시 어딘가에서
긴박한 외침이 솟아올라 또 다른 무너짐을 불러들였다.

무대 뒤의 대형 화면에는 화성의 움직임과 함께 '전쟁
을 가져오는 자'라는 자막이 떠 있었다. 인선은 화성이 양
자리와 전갈자리의 지배자라는 걸 생각해냈다. 마지막 부
분에 이르러 모든 악기들이 앞다투어 절정을 향해 갈 때
머릿속에서 저절로 전쟁의 이미지가 흘러갔고 인선은 자
신이 음악에 완전히 귀가 트였다고 생각했다.

졸음이 밀려든 것은 바로 다음 악장부터였다. 느리고
평화로운 템포의 음악이 흘러나오면서 눈꺼풀이 조금씩
무거워지더니 어느 순간부터 걷잡을 수 없게 잠이 쏟아
졌다. 이제 음악은 덩어리로 뭉개진 채 악기가 내는 소리
의 형태로만 간간이 귀에 들어왔다. 잔뜩 눈에 힘을 준 채
로 무대의 영상을 노려보았지만 금성의 느린 움직임은
전혀 도움이 되지 않았다. 손에 든 팸플릿이 미끄러져 떨
어지려는 찰나 가까스로 말아 쥔 것도 여러 번이었다. 잠
간이나마 잠에서 깨어난 것은 4악장 목성의 연주가 울려

퍼질 때였다. 어딘지 귀에 익다고 생각했는데 텔레비전 아홉 시 뉴스의 시그널뮤직으로 오랫동안 들어온 선율이었다. 하지만 그 효력마저 오래가지 못했다. 스산한 느낌을 주는 조용한 악장으로 이어지는 다음 순간 인선의 눈꺼풀은 어느샌가 다시 묵직하게 내려앉았다.

인선이 요란한 박수 소리에 놀라 슬그머니 눈을 떴을 때에는 오케스트라 단원들이 모두 일어나 인사를 하고 있었다. 박수는 쉽게 끊일 것 같지 않았다. 마침내 앙코르곡이 연주되기 시작했는데 영화 〈스타워즈〉의 주제곡이었다. 1악장에서 인선이 전쟁을 연상했던 그 부분이었다. 그날 밤 연주회장을 나온 두 사람은 이스트 빌리지의 바에서 취하도록 마셨다. 〈스타워즈〉 시리즈를 한 편도 본 적 없다는 그는 인선이 늘어놓는 영화 이야기를 흥미로워했다. 음악회에 대한 이야기는 하지 않았다. 만약 그가 감상을 물었다면 인선은 뉴스 시그널뮤직과 영화 OST밖에 떠올리지 못했을 것이다.

기욱과 역방향의 시간

기차가 상봉역을 떠나 양평역에 닿을 때까지 기욱은

느긋한 마음으로 차창 밖의 경치를 바라볼 수 있었다. 창가 자리에 앉은 두 사람이 줄곧 악보를 보거나 눈을 감고 있었고, 앞자리의 준희는 스마트폰에서 시선을 떼지 않았기 때문이었다. 익숙하지 않았던 역방향의 움직임에도 얼마 안 가 적응이 되었다. 올바른 진행 방향이 아니라고 생각해 혼란을 일으키던 뇌가 정보를 수정해서 처리하게 된 모양이었다. 달리는 기차의 역방향에서 바라보는 풍경은 빠른 속도로 스쳐 지나가는 게 아니었다. 마치 곁에 있던 것들이 천천히 멀어지는 광경을 한자리에 앉은 채 오랫동안 지켜보는 기분이었다. 가까운 숲과 들판, 그리고 먼 산봉우리들은 모두 빗줄기에 감싸여 있었다.

창밖 풍경에 눈길을 준 채로 기욱은 이따금 노인의 얼굴을 곁눈으로 슬쩍 살펴보았다. 기악을 전공하는 음악대학 학생들은 악기 없이 악보만으로 머릿속에서 연주를 시뮬레이션하곤 한다. 그러나 노인의 악보는 지휘자용 풀스코어라서 독보가 간단한 일은 아니었다. 물론 기욱에게는 익숙한 일이었다. '찾아가는 클래식 음악회'의 기획사에서 보내온 행사 대본에 기욱은 진행자이자 음악 해설가라고 적혀 있었지만 자신이 훗날 연주자들을 소개하고 곡을 해설하는 진행자로 불릴 거라고 생각했던 클래식 전공자는 아무도 없을 것이다.

기욱이 처음 클래식 음악에 매료된 것은 중학교 1학년 음악 시간 때였다. 서울 학교에서 전근 온 중년의 음악 교사가 매번 음악 감상으로 수업을 대신했던 것이다. 음악 교사는 불만이 많고 신경질적이었다. 전에 근무하던 학교에서 고액 레슨으로 문제를 일으켰다든가 가족이 의료사고를 당해 소송 중이라는 등 여러 소문이 돌았다. 원치 않은 지방 근무를 하게 된 데다 가족과도 사이가 나빠져 혼자 지내는 것은 확실했다.

음악 교사는 스트라빈스키나 쇤베르크 같은 이름에 아무런 반응을 보이지 않는 중학생들을 '무식한 촌것들'이라고 통칭하는가 하면 음악실 피아노의 에나멜 뚜껑에 물걸레 자국을 남겼다며 청소 당번의 뺨을 때리기도 했다. 그러더니 언젠가부터 무식한 촌것들을 가르치는 일이 무의미하다고 여겼는지 수업 시간이면 한 손에 지시봉을, 다른 한 손에는 크고 묵직한 포터블 시디플레이어를 들고 나타났다. 칠판에 작곡가와 곡명을 휘갈겨 적은 다음 음악을 틀어놓고는 의자에 앉아 짜증스러운 얼굴로 교안 작성이나 출석부 정리 같은 잡무를 처리하곤 했다. 자리를 비울 때도 많았는데 그런 날은 수업 시간이 끝날 즈음 뒷문으로 들어와서 음악에 집중하지 않는 아이들의 등짝을 지시봉으로 내리쳤다.

아이들은 당연히 그를 싫어했다. 기욱은 예외였다. 그는 까다롭고 변덕스러운 음악 교사에게서 예술이 가진 예민함과 괴팍함을 보았고 그의 폭력성까지도 자신이 막 눈뜨게 된 클래식 음악의 권위에 포함시켰다.

지리한 장마가 이어지던 어느 여름이었다. 그날도 음악 교사는 지시봉과 시디플레이어를 양손에 들고 교실로 들어왔다. 그런데 칠판에 구스타브 홀스트의 『행성』이라고 적은 다음 분필을 든 채 잠시 서 있더니 무슨 생각에서인지 곡에 대해 설명을 하기 시작했다. 먼저 일곱 개의 악장에 붙어 있는 태양계 행성의 이름을 하나씩 칠판에 적었다. 그 행성들의 신화적 상징에 작곡가가 생각하는 인생이 요약돼 있다는 거였다. 현악 5부를 비롯해서 목관과 금관, 타악기가 총출동하고 하프와 첼레스타까지 등장하는 대규모 악기 편성이라며 호른이 여섯 대나 나오니 소리를 잘 들어보라는 말까지 덧붙였다.

4악장 목성의 선율이 흐르고 있을 때였다. 손목시계로 시간을 확인한 음악 교사는 그 악장이 끝나기를 기다려 시디플레이어의 스톱 버튼을 눌렀다. 기욱은 전곡을 다 듣기에는 시간이 모자라기 때문이라고 짐작했다. 음악 교사가 천천히 자신의 자리로 다가오는 데에도 별다른 긴장을 느끼지 않았다. "네가 반장이지?" 걸음을 멈춘 음악 교사가 손가락을 위로 까딱거려 기욱을 일으켜 세웠을 때에서야 비로소 평소의 음악 시간과는 뭔가 다르다는 생각이 머리를 스쳐갔다.

음악 교사가 기욱의 눈을 똑바로 바라보며 말했다. "태양계 행성 이름을 대봐." 다짜고짜 던져지는 질문에 기욱은 잠시 의아한 표정을 지었지만 이내 머릿속으로 '수, 금, 지, 화, 목, 토, 천, 해, 명'을 떠올리며 또박또박 대답했다. 음악 교사의 질문이 이어졌다. 이번에는 방금 들었던 음악의 악장 제목을 차례로 말해보라는 거였다. 기욱은 음악 교사가 칠판에 휘갈겨 쓴 글씨를 보며 일곱 개의 행성 이름을 하나하나 읽어나갔다. 화, 금, 수, 목, 토, 천, 해의 순서였다.

음악 교사가 다시 입을 열었다. "두 가지가 뭐가 다르지?" "지구하고 명왕성이 없어요." 기욱의 대답에 음악 교사는 짜증스러운 표정을 지으며 지시봉으로 칠판 쪽을 가리켰다. "그건 저기 다 적혀 있고. 그래서 그게 왜 빠졌는지 묻는 거잖아." "네, 점성술에서 영감을 받았기 때문에, 지구에서 보이는 행성을 가까운 순서대로 배치했다고 하셨습니다." 등 뒤에서 식은땀이 흘렀지만 기욱은 음악 교사가 했던 설명을 모두 기억하고 있었다. "그럼 명왕성은 왜 빠졌어? 그게 지구에서 안 보이던가?" "저, 그건 말씀을 안 해주셔서……" "내가 말 안 했다고?" 음악 교사가 눈을 가늘게 뜨고 기욱을 바라보았다. "1914년에 작곡을 시작했다는 말을 내가 안 했다는 거지?" "아니요. 하셨어요." 기욱의 목소리는 결국 떨려 나왔다. 지시봉으로 기욱의 책상을 탁탁 두드리며 음악 교사가 말을 이었다. "명왕성은 1930년에 발견됐어. 이 곡을 작곡할 때는 아직 없었지. 발견을 못했으면, 있는 것도 없는 거야. 알겠어? 과학은 불변의 진리가 아니야. 그 당시 살았던 과학자들이 알아낸 데까지를 뜻하는 거라고."

음악 교사는 교탁으로 돌아가 그 위에 놓여 있던 빛바랜 음악 시디의 케이스를 집어들었다. 그러고는 기욱을 향해 앞면을 들어 보였다. "이거 읽어봐." "네?" 시디 케이스에 적혀 있는 글자를 읽기에는 거리가 너무 멀었지만 음악 교사는 그런 사실은 전혀 고려하지 않는 듯했다. "혹성. 여기 행성이 아니고 혹성이라고 적혀 있지? 왜 그런 것 같아?" "모르겠습니다." "일본식 용어 아냐, 일본식. 구라, 간지, 너희들 입에 달고 사는 그런 거 말야. 국민학교로 입학해서 초등학교를 졸업한 자식들이 그걸 몰라?" 칠판 받침대에서 분필 한 개를 집어든 다음 음악 교사는 다시 학생들을 천천히 훑어보았다. "이걸 뭐라고 부르지?"

교실 안은 무거운 침묵 속에 잠겨 있었다. 하루종일 그

치지 않고 내리던 빗소리만이 어둑한 실내를 가득 채우면서 음악 교사의 목소리에 집중력을 실어주었다. "나는 이걸 백묵이라고 배웠어. 저건 칠판이 아니라 흑판이고. 무슨 뜻인지 알겠냐?" 음악 교사가 결국 손가락 사이에 끼고 있던 분필을 부러뜨린 순간 교실 안은 숨소리 하나 들리지 않았다. "언어도 마찬가지야. 사용할 당시에만 맞는 말이고 결국은 변하게 돼 있어. 맞았던 답이 틀려지는 거지. 명심해라. 세상에 변하지 않는 건 음악뿐이야."

기욱은 그때까지도 자리에 그대로 서 있었다. 다시 자신의 앞으로 다가오는 음악 교사를 바라보며 다리가 후들거리는 걸 느꼈는데 다음 순간 무언가 갈라지는 소리와 함께 눈앞에서 불꽃이 일었고 뺨이 갑자기 감각을 잃은 듯싶더니 무거운 둔통이 얼굴을 덮었다. "수업 끝났어. 반장, 구령 안 붙여?" 음악 교사의 목소리는 평소보다 나직하고 덤덤했다. 그 말을 끝으로 음악 교사는 기욱이 잠겨 있는 목소리를 채 가다듬기도 전에 몸을 돌리더니 시디플레이어를 집어든 다음 문을 열고 교실을 나갔다.

붉은 손자국과 함께 부어올랐던 기욱의 뺨은 얼마 안가 가라앉았지만 왜 음악 교사가 그 시간에 자신을 표적으로 삼았는지에 대한 의문은 오랫동안 사라지지 않았다. 끝내 답을 알아내지는 못했다. 자신의 질문에 모범답안을 말할 만한 상대를 고른 것일까? 정답은 변하지만 음악만은 변하지 않는다는 말을 하기 위해서? 하지만 시간이 지날수록 그보다는 세상의 너무 많은 것이 변해버린 데 대해 무슨 말이든 하지 않고는 견딜 수 없었던 거라는 쪽으로 생각이 기울었다. 그날 기욱이 가까이에서 들었던 음악 교사의 목소리와 어조에는 화가 났다기보다 무력한 슬픔의 분위기가 있었다. 화는 아무에게나 냈지만 슬픔은 아무에게나 보일 수 없었던 것일지도 모른다. 그게 왜 자신이었는지 기욱은 그것을 알아내지 못한 거였다.

기차 안의 낯선 사람들

양평역에 정차했을 때 인선은 눈을 떴다. 습도가 높아서 통로에 오가는 승객들의 소리가 크게 느껴지는 데다 다들 젖은 우산을 처리하느라 부산스러웠다. "선배, 좀 잤어요?" 귀에서 에어팟을 빼며 준희가 물었다. "응, 좀." 준희는 곧바로 자신의 스마트폰을 켜서 액정을 몇 번 누르더니 인선의 눈앞으로 가져갔다. "선배가 말했던 브루어리가 여기죠? 열두 시 오픈이네. 점심도 먹고, 거기로 먼저 갈까요?" 인선은 고개를 끄덕였다. 인선이 빈소에 가기 전에 G시 관광객들의 단골 코스인 브루어리나 커피숍에 들러보자고 말한 것은 여행 기분을 내기 위해서가 아니었다. 옛 연인이 이른 시간에 문상을 갈 것 같지 않았기 때문이었다.

"선배, 근데," 준희가 다시 스마트폰을 가져가 메모장에 글자를 입력한 다음 인선 쪽으로 내밀었다. '저 할아버지 뭐죠. 이십 분째 저러고 있어요.' 인선은 맞은편 자리 노인의 숙인 정수리 아래 펼쳐진 악보를 내려다보았다. 인선의 자리에서 제목이 잘 보였는데 '3악장 수성, 메신저'라는 글자가 곧바로 눈에 들어왔다. 옛 연인과의 추억이 담긴 음악의 악보를 펼쳐 보이는 노인과 날개 달린 전령. 인선에게 그것은 의미심장한 조합으로 여겨졌다.

인선이 노인에게 말을 건넸다. "음악 좋아하시나봐요." 조심스럽고 상냥한 말투였다. 악보에서 천천히 눈을 뗀 노인은 인선을 향해 무뚝뚝하게 대꾸했다. "네." "그렇게 악보를 보시면 머릿속에 음악이 떠오르세요?" "그렇죠." 노인의 대답에 인선과 준희의 시선이 짧게 마주쳤다. 노인의 얼굴에 귀찮아하는 기색이 역력했으므로 인선은 변명하듯 다시 말했다. "제가 클래식 음악 잘 모르는데 이곡은 알거든요. 신기해서요." 노인이 인선을 똑바로 바라보았다. "그래요?" "네. 저 음악회 처음 가서 들었던 곡이에요." "좋은 곡이죠." 노인이 고개를 끄덕였다.

이번에는 노인이 인선에게 물었다. "누구 지휘로 들으셨어요?" "네?" "악기라는 게 살아 있는 물건이다보니. 연주도 그렇지만 특히 지휘자에 따라 소리가 다르니까요." 인선은 당연히 지휘자를 기억하지 못했다. 연주회에 다녀온 뒤 그 곡을 다시 찾아 들어본 적도 없었다. 하지만 노인의 말에 최대한 예의 바르게 대꾸했다. "아, 그럼 누구 지휘가 좋은가요? 한번 들어보려고요." "나는 대체로 마음에 안 들어서 이렇게 악보로 들어요." 노인은 자신이 내뱉은 말의 뜻을 설명하듯 덧붙였다. "나이가 들면 소리를 듣는 게 느려져서, 나한테 맞는 속도를 찾게 되는 거요. 시간을 이겨내는 사람은 없으니까."

인선의 시선이 노인의 캐주얼한 차림새와 잘 손질된 흰머리에 잠시 머물렀다. "혹시 음악 관련 일을 하세요?" 인선의 물음에 노인은 곧바로 대꾸했다. "아니요. 바닷가에서 장사합니다." 노인의 말투에 무안을 주거나 비꼬는 기색은 없었지만 인선은 왠지 화제를 잘못 꺼낸 듯한 기분이 들었으므로 짐짓 말을 돌렸다. "그럼 서울에서 일 보고 집에 내려가시나봐요." 노인의 표정은 덤덤했다. "요양원에 형님 만나보고 돌아가는 길이에요. 시간이 얼마 안 남았다고 해서." "아, 네." 더 이상 대꾸할 말을 찾지 못하는 인선을 바라보며 노인이 말했다. "나는 이 곡을 그 형님 방에서 처음 들었어요. 둘째 형인데 평생 병과 음악을 끼고 살았죠." 노인은 익숙한 손길로 탁자 위의 악보를 몇 장 넘겨서 다음 악장을 펼쳤다. "이 4악장이 형님이 제일 좋아하는 파트예요. 수술실에 들어갈 때도 이걸 틀어달라고 했지. 마지막일 것 같아서 내가 이번에 헤드폰을 가져가 들려줬는데, 별 반응은 없더라고요." 노인의 말투는 담담했지만 말을 마친 뒤 다시 악보를 향해 고개를 돌리는 모습에는 마치 더 이상 음악 감상을 방해하지 말라고 주의를 주는 듯한 단호함이 있었다.

두 사람의 대화에 귀를 기울이며 준희는 계속 차창 밖을 바라보고 있었다. 인선과 노인이 마주 앉은 사이의 빈틈에 만들어진 그 풍경이 뜻밖에도 아름다워서 눈을 뗄 수가 없었다. 마치 초록을 배경으로 끊임없이 나타났다 사라지는 빗물의 질주 같았다. 노인이 요양원의 형을 마지막으로 만나고 돌아가는 길이라고 말했을 때 준희는 불현듯 자신이 문상을 가고 있다는 걸 깨달았다. 친한 동료의 아버지일 뿐 얼굴도 모르는 고인의 죽음에 대해서는 별다른 실감이 없었다. 하지만 앞자리에 앉은 노인이 요양원 면회실에서 소리조차 잘 듣지 못하는 형의 머리에 헤드폰을 씌워주는 모습을 상상하자 어쩐지 마음이 먹먹해졌다. 준희가 다시 에어팟을 귀에 꽂고 스마트폰을 켠 것은 노인의 악보에 있는 음악을 검색해보기 위해서였다. 무엇보다도 인선이 클래식 음악에 대해 아는 것도 뜻밖인데 음악회까지 갔었다니 한번 들어보고 싶었다.

준희는 유튜브 앱에서 노인의 악보에 있는 작곡가와 곡명을 검색했다. 그런 다음 피드 맨 앞에 올라와 있는 쇼츠를 들어보았지만 음악을 제대로 감상하기도 전에 금방 일 분이 지나버렸다. 그녀는 제대로 된 연주를 듣기로 마음먹고 섬네일 영상을 훑어 내려가기 시작했다. 그중에서 BBC 프롬스의 연주를 선택한 것은 조회 수도 높았고 '매우 재능 있는 젊은 오케스트라에 좋은 지휘자. 머리카락 숱이 많은 오케스트라를 보는 즐거움이 있다'라는 유머러스한 댓글 때문이었다. 그러나 연주자들의 얼굴이 근거리에서 촬영된 그 영상은 오히려 초보자의 집중을 방해했다. 할 수 없이 애플뮤직 앱으로 들어가 검색창에 다시 작곡가와 곡명을 입력했다. 노인의 형이 수술실에 들어가기 전 죽음의 문 앞에서 선택했다는 4악장을 먼저 들어볼 생각이었다.

본격적으로 음악을 듣기 전에 준희가 인선에게 물었다. "선배, 와이파이 돼요?" "코레일 와이파이 접속 안 했어?" 노인과 대화를 끝낸 뒤 다시 창밖을 바라보며 생각에 잠겨 있던 인선은 시큰둥하게 대꾸했다. "했어요. 근데 자꾸 끊겨. 프리 말고 시큐어도 있는데 그건 비번 있어야 하나봐요." 말을 마친 준희는 아까부터 계속 태블릿 피시에 눈길을 주고 있는 맞은편 자리의 기욱을 흘끗 바라보았다.

양평역에서 인선이 준희와 이야기를 나누기 시작하자 기욱은 차창에서 시선을 거두었다. 얼굴 방향 때문에 자칫하면 인선과 눈이 마주칠 수도 있었다. 브루어리에 간다는 그들의 대화 내용이 귀에 가까이 들려왔다. 기욱은 자리에서 일어나 선반에 올려놓은 메신저 백 안에서 태블릿 피시를 꺼냈다. 기획사에서 보내온 '찾아가는 클래식 음악회' 행사의 대본을 체크하는 일은 현장으로 향하는 기차 안에서 하는 편이 가장 효율적이었다. 그러나 첨부 파일을 열어본 기욱의 입에서는 짧은 한숨이 새어 나왔다. 기욱이 보냈던 기획안이 대폭 수정된 대본이었다. 인터넷 포털이나 나무위키 같은 데에 올라와 있는 잘못된 정보를 복사해 붙인 자료의 나열이었고 악기 이름조차 틀려 있었다.

기획사 측에서 기획안을 검토한 뒤 수정을 요구했을 때 기욱은 응하지 않았다. 보칼리제가 대중 행사에 친숙

하지 않은 주제인 건 사실이었다. 가사가 없는 성악곡이라 발성 연습 같은 느낌만 줄 수도 있었다. 그러나 라흐마니노프가 소프라노와 테너를 위한 독창곡 『로망스』를 작곡할 때 마지막 곡을 보칼리제로 만든 데는 의미가 있었다. 그는 열세 개의 곡에 러시아 낭만주의 시를 가사로 붙였지만 마지막 곡만은 가사 없이 성악가가 모음 중 하나를 택해 부르도록 작곡했다. 그 곡이 여러 악기로 편곡돼 열네 개 곡 중 가장 많이 연주된다는 건 음악적으로 충분히 흥미로운 주제였다. 하지만 기획사는 끝내 그 부분을 뺀 채로 대중적인 곡들 위주로 원고를 다시 만들었고 그 결과가 오류투성이 대본이었다.

기획사의 탓만은 아니었다. 아무도 자본과 소비자를 불편하게 만들고 싶어하지 않기 때문이었다. 문화는 소비와 장식을 위한 상품이었으므로 뛰어넘어야 할 고통이나 고정관념을 거스르는 질문은 처음부터 차단되었다. 대중을 위해 가공된 연성 소비재가 유행에 따라 만들어지고 폐기되는 분위기에서 본격적이고 독창적인 시도를 하는 정교한 예술은 점점 환영받지 못하게 되었다. 기욱은 자신이 기차표를 잘못 예약했던 걸 떠올렸다. '예술 낭인'이라는 자조적인 말이 스쳐갔지만 자신이 그런 기류에 적응하지 못한다는 건 어쩔 수 없는 사실이었다. 음악 좋아하시나봐요. 인선이 노인에게 말을 걸었을 때 기욱은 마치 기다렸다는 듯 태블릿 피시에서 눈을 뗐다.

인선과 노인 사이에 오가는 말을 귀담아들으며 기욱의 시선은 몇 번인가 노인의 얼굴에 머물렀다. 여러 가지 점에서 이십오 년 전 음악 교사의 얼굴과 겹쳐 보였기 때문이었다. 기욱의 뺨을 때린 이후에도 음악 교사는 여전히 수업 시간마다 지시봉과 포터블 시디플레이어를 들고 들어와 음악을 틀곤 했는데 작곡가나 곡에 대해 설명하는 일은 더 이상 없었다. 다음해에는 건강이 안 좋다며 시골의 읍단위 학교에 자원해 전근을 가버렸다. 그 뒤로는 만난 적도 없고 아무런 소식도 듣지 못했다. 게다가 기욱의 눈에 노인들의 얼굴은 다 비슷해 보였으므로 오래전 알았던 사람의 나이 든 얼굴을 알아보는 건 무리였다.

하지만 나이가 얼추 맞아떨어졌고 그 연배에 클래식 음악을 가까이한다면 거리가 조금 좁혀지는 느낌이었다. 무엇보다 소리에 훈련돼 있는 기욱이 포착하기로 목소리에서 느껴지는 독특한 분위기에 공통점이 있었다. 노인이 인선에게 대꾸한 마지막 말이 특히 귀에 남았다. 배타적인 냉소가 느껴지면서 어딘지 무력함이 깃든 그 억양에는 어떤 특징이 있었는데 그것은 음색이라기보다 주파수의 변주에 가까웠다. 440헤르츠인 A를 기준으로 한다면 평소의 일상적인 발성보다 약간 낮게 들리는 소리. 음악 교사의 어조와 비슷하게 느껴졌던 것이다. 노인이 음악 관련 일을 하지 않는다고 잘라 말했지만 그것은 정년 퇴직을 했다는 뜻일 수도 있었다.

음악을 전공하고 또 직업으로 삼으면서 기욱에게는 이따금 그를 떠올리는 순간들이 있었다. 대학생 때 명왕성이 태양계의 아홉 번째 행성에서 떨어져 나가 왜행성이 되었다는 뉴스를 보고 충격을 받은 것도 음악 교사의 말이 생각나서였다. 국제천문연맹의 결정에 따라 태양계의 행성은 여덟 개가 되었고 홀스트의 『행성』은 다시 지구를 뺀 모든 행성을 포함하는 곡이 되었다. 하지만 음악이 그런 과학자들의 분류에서 영향을 받는 건 아무것도 없었다. 음악 교사의 말대로였다.

기욱은 음악 교사의 이름을 정확히 기억하고 있었다. 하지만 노인에게 물어서 확인할 마음은 전혀 없었다. 희박한 확률로 음악 교사가 맞다 하더라도 자신을 알아보기를 결코 원하지 않았다. 그다음에 벌어질 의례적인 인사의 절차 못지않게 과거의 자신을 환기시키는 일 자체가 싫었던 것이다. 그것은 그 결과로 기욱이 도달한 현재를 드러내는 일이기도 했다. 물론 그런 일은 일어나지 않을 거라고 기욱은 생각했다. 노인 쪽에서 기욱을 기억할

확률이 낮았고 또 기욱이 틈틈이 관찰해봤지만 노인은 다른 사람에게 전혀 관심을 보이지 않았다. 계속해서 악보에만 집중했고 둔내역을 지날 때쯤 그의 주머니 안에서 진동음을 내보내는 스마트폰을 꺼내 문자를 한번 확인했을 뿐이었다. 노인은 문자를 조금 오래 바라보는 듯했지만 이내 스마트폰을 주머니에 넣고 다시 시선을 악보로 가져갔다.

기욱은 통로를 향해 몸을 돌리고 등받이에 상체를 기댔다. 태블릿 피시를 끌어당겨 잠금 화면을 해제하려는 기욱의 귀에 인선과 준희의 대화가 들려왔다. 준희가 인선에게 와이파이 비밀번호를 묻고 있었다. 기욱이 고개를 들자 곧바로 준희와 눈이 마주쳤다. "wifi 철자를 그대로 치시면 돼요." 노인의 주의를 끌고 싶지 않았기 때문에 기욱의 목소리는 작고 낮았다. 조금 뒤 기욱은 준희가 탁자에 한쪽 팔꿈치를 올려 턱을 괸 채 진지한 표정으로 에어팟 소리에 집중하는 것을 보았다. 팔을 움직이자 준희의 스마트 워치 액정에 재생되고 있는 곡의 제목이 나타났다. 기욱은 준희가 노인과 같은 음악을 듣고 있다는 걸 눈치챘는데 그것은 기차의 4인석에 마주 앉아 한 시간을 함께 온 여행자들에게는 자연스러운 일이었다.

기차가 강원도에 들어서면서부터 골짜기의 녹색이 짙어지고 빗발도 더욱 굵어졌다. 비 오는 날 조도가 낮은 오전 기차의 객실 안은 조용했다. 잠든 사람도 많았다. 비에 젖은 신록 속을 뚫고 달리는 기차 안에서 인선은 목적지에 가까워지기보다는 떠나온 곳으로부터 계속 멀어지는 기분이 들었다. 기억 너머에서 닫혀 있던 문이 하나씩 열리듯 옛 생각이 하나하나 떠올랐다.

옛 애인이 보낸 마지막 이메일은 내용으로만 보면 담백한 안부 편지였다. 해발 천 미터가 넘는 G시의 안반데기 고원에서 찍었다는 별 사진이 첨부돼 있었는데 그 아래에 '거리를 자로 재지 못할 바엔 아득하면 되리라'◆라고 적혀 있었다. 검은 하늘 가득 흩뿌려진 수많은 별들은 너무나 멀고 희미하고 아름다웠다. 사진을 한참 동안 바라보고 있던 인선은 불현듯 그것이 작별을 통보하는 편지라는 걸 깨달았다. 가까이에서 빛나던 두 별의 인연이 다시 아득한 밤하늘로 되돌아간 거였다.

연주회가 끝나고 관객들로 붐비는 링컨센터의 로비를 나오며 그는 인선에게 마음에 드는 악장이 있었냐고 물

◆ 박재삼의 시 「아득하면 되리라」 중 '사랑하는 사람과/나의 거리도/자로 재지 못할 바엔/이 또한 아득하면 되리라'라는 구절을 변형했다.

었다. 목성이라고 대답하자 잠시 주변을 두리번거리더니 인선을 어떤 장소로 이끌었다. 출입문 앞에 세워진 천체망원경 앞이었다. 그러고 보니 그곳에는 여러 개의 천체망원경이 가로로 죽 늘어서 있었다. 제각기 조금 전 연주되었던 곡의 악장인 행성의 이름이 적힌 팻말과 함께였다. 망원경들은 행성이 잘 보이는 각도로 조정돼 있었는데 직접 별을 바라봄으로써 음악의 여운과 우주의 신비를 함께 느껴보는 이벤트인 모양이었다. 목성 앞의 줄이 가장 긴 이유는 4악장이 인기가 있어서일 거라는 그의 말에 인선은 목성의 지배를 받는 사수자리와 물고기자리 사람들이 즉흥적이고 낙천적이라는 생각을 떠올렸다.

목성 쪽의 줄이 좀처럼 줄어들지 않았으므로 그들은 가까이에 있는 화성 망원경으로 자리를 옮겼다. 마침내 차례가 되었을 때 망원경 렌즈를 통해 본 작은 화성은 붉은빛을 띠고 있었다. 망원경 옆에 서서 초점을 맞춰주던 남자가 말했다. "이 시간에는 좀 희미해요. 더 잘 보고 싶으면 모레 밤 아홉 시에 하이라인 파크로 오세요. 우리가 매주 화요일에 그곳에서 별을 보거든요." 인선은 남자가 입고 있는 티셔츠에 프린트된 '별 관측 동호회'라는 글씨를 읽으며 고개를 끄덕였다. 하지만 그 시각이면 그들은 인천행 비행기에서 안전벨트를 매고 있을 것이다.

그들은 하이라인 파크에서 별을 보지 못하는 아쉬움을 달래기 위해 출장 후 처음으로 함께 술을 마셨다. 이야기를 하는 쪽은 주로 인선이었다. 〈스타워즈〉 시리즈에서 시작된 인선의 별 이야기는 별자리점으로 이어졌다. 인선은 그의 생일을 물어 별자리를 알아냈다. "금성이 지배하는 별자리네요." 인선이 말했다. "천칭자리는 출세나 성공에는 관심이 없고 자신이 잘하고 갈망하는 일에 더 집중해요. 복잡한 걸 싫어하고 싸움을 피하기 때문에 발전이 별로 없고, 또 매사를 대충 평화롭게 얼버무리려 해서 애인으로는 좀 심심하죠. 속이 터지거나." "아닐걸요." 그가 웃으며 대꾸했다. 자신이 팀원들을 몰아붙이는 엄격한 팀장인 걸 모르냐며 점괘가 전혀 안 맞다는 거였다. 그러고는 인선의 별자리를 물었다.

인선은 화성의 지배를 받는 전갈자리였다. 화성은 비겁한 평화보다는 용기 있는 승부를 원하며, 현실에 안주하지 않고 발전을 도모하는 힘과 의지의 상징이다. 인선은 그런 말은 하지 않았다. 대신 전갈자리는 연애를 할 때에 상대가 자신을 좋아한다는 확신이 있어야만 문을 연다고 말하며 자신의 잔을 들어 그의 술잔에 부딪쳤다.

이틀 뒤 출장에서 돌아오는 비행기 안의 그들은 누가 보기에도 연인 같았다. 그때에는 화성과 금성 사이에 지구라는 현실 세계가 끼어 있다는 게 대수롭지 않아 보였다. 하지만 인선이 부서를 옮겨가며 사내 연애라는 난관을 뚫어보려고 한 데 비해 그의 속도와 주기는 너무 느렸다. 두 사람의 거리는 조금씩 멀어졌다. 맞은편 노인의 말처럼 사람은 결국 시간의 풍화를 이겨내지 못한다. 인선은 처음으로 기차에 탄 것을 후회했다.

구스타브는 고민에 빠졌다. 그는 6악장 천왕성을 금관악기의 위압적인 포효로 시작했다. 마법사의 테마인 만큼 그의 주문이 소용돌이를 일으키며 광활한 우주로 퍼져나가는 듯한 스케일을 표현하고 싶었기 때문이었다. 그다음에 오는 해왕성의 주조는 필연적으로 소멸이어야 했다. 전쟁이 일어난 다음에야 평화를 소중하게 받아들이고 흔연한 쾌락 다음에는 곧바로 늙음이 찾아들며 초자연적인 상상력을 통해서만 비로소 납득이 되는 존재의 소멸. 그것이 구스타브가 생각하는 인생의 궤적이었다. 그리고 소멸은 탄생을 표현하는 것보다 훨씬 어려웠다.

구스타브는 먼저 곡 전체에 피아니시모를 붙였다. 하프가 바다의 움직임을 담고 첼레스타의 아르페지오가 신비로움을 표현할 것이다. 현악기의 낮은 음이 깔리고 마치 어떤 운명의 전조처럼 금관악기와 목관악기가 느리게

음을 주고받는 순간 멀리에서 여성 합창단의 목소리가 들려온다. 그것은 가사가 없이 목소리로만 노래하는 보칼리제여야 한다. 구스타브의 펜이 빠르게 악보 위에서 움직였다. '합창단은 무대 뒤의 대기실에 있어야 한다. 대기실의 문은 합창이 시작될 때 열리며 곡이 끝나는 마지막 순간에 조용하고 느리게 닫힌다.' 문 뒤의 코러스라는 구스타브의 시도는 매우 독창적인 것이었다. 그러나 관현악 모음곡 『행성』의 초연은 그다지 성공을 거두지 못했다. 오래된 잠을 깨우는 일이 저항에 부딪치는 건 충분히 짐작할 만하다.

문 뒤의 코러스를 듣는 준희

준희는 완전히 음악에 몰입해 있었다. 시시각각 변해가는 초록을 담은 채 빗속을 흘러가는 창밖의 풍경 때문인지도 몰랐다. 귓속을 파고드는 음악이 마치 숲과 빗줄기와 바람의 연주 같았다. 자신은 그곳에 처음으로 초대받은 작은 아이처럼 느껴졌다. 준희는 다시 또 노인의 병든 형을 떠올렸다. 평생 좋아했던 음악이 귓가에 닿는데도 아무것도 듣거나 느낄 수 없는 상태라니 그것은 세상과 영원히 작별하기 위해 거쳐야 하는 암전의 전 단계 같은 게 아닐까. 삶에서 죽음으로 건너갈 때 거치는 장소가 있다면 그것은 지금 자신이 흔들리는 기차 안에서 바라보는 풍경 같을 거라는 생각도 들었다. 초록으로 물든 먼 들판과 숲, 그것들이 빗줄기의 베일에 덮여서 희미하게 멀어져가는 모습이 묘하게도 준희로 하여금 다른 차원의 시간을 떠올리게 만들었다.

마지막 악장이 시작된 것은 기차가 진부역을 지날 즈음이었다. 잠시 아무런 소리도 들리지 않아 곡이 다 끝났나 싶을 때 불현듯 들릴 듯 말 듯 몽환적인 음악이 흘러나왔다. 준희는 이내 그 신비로운 고요함에 빠져들었다. 그러나 여성들의 합창이 조용히 등장하는 순간 갑자기 눈물이 난 것까지는 예상하지 못한 일이었다. 벽 너머 먼 곳에서 들려오는 듯한 그 소리는 노래라기보다 주문 같았다. 너무나 낯설고 부드럽고 신령스러워서 자신의 몸이 창밖에 펼쳐지고 있는 소멸의 풍경 속으로 사라져버리는 상상을 불러일으키기에 충분했다.

한 손을 들어 눈가를 닦아내는 준희의 기척에 인선이 고개를 돌렸다. "왜 그래?" "아무것도 아녜요." 준희는 가볍게 손을 내저었다. 에어팟을 귀에 낀 채로 대답하는 준희의 목소리가 제법 컸기 때문에 기욱은 그쪽을 건너다보지 않을 수 없었다. 움직이는 준희의 팔목에서 스마트 워치 화면이 밝아지며 음악이 끝났음을 알리고 있었다. 기욱은 스마트폰을 켜서 시간을 확인한 다음 자신의 탁자를 접었다. 인선과 준희도 자리를 정리하기 시작했고 노인의 탁자가 맨 마지막으로 접혔다.

기차는 G시의 역에 정차하기 위해 조금씩 속도를 줄였다. 비는 여전히 폭우에 가까웠고 기차가 멈추면서 더욱 기세를 떨쳤다. 기차에서 내리려는 승객에게 거센 빗줄기는 더 이상 풍경이 아니었다. 우산이 없는 기욱은 잠시 난감한 표정을 지었다. 편의점이라도 찾아봐야 할 것 같았다. 그때 노인이 포트폴리오 가방의 포켓에서 접이형 우산을 꺼내 건네더니 묻는 표정으로 바라보는 기욱에게 말했다. "난 필요 없어. 서울로 다시 올라가야 해서. 조금 전에 형이 떠난 모양이야." 노인은 마치 잘 아는 사람에게 하듯 반말로 말하고 있었다. 기욱이 대꾸했다. "당장 표가 있을까요? 내일도 일요일이라 힘들 텐데." 다음 순간 기욱의 머리에 갑자기 한 가지 생각이 스쳐갔다. "좀 쉬시고 내일 오후에 올라가세요. 저한테 표가 있어요. 창구에 가면 바꿀 수 있을 거예요." 기욱은 노인의 눈을 똑바로 바라보았다. 죽음의 소식을 받아들이는 무력한 슬픔에 대해서라면 이미 익숙하다는 듯한 표정이었다.

인선과 준희는 서로 눈이 마주쳤다. '둘이 아는 사이였어?'라는 뜻이었다. 영문을 모르겠다는 듯 눈을 크게 떠보이는 인선에게 준희가 말했다. "선배, 우리 브루어리 말고 음악회 갈까요. 지금 지도 앱에서 인기 스팟 찾으니까 장례식장 근처 도서관에서 클래식 음악회를 한다더라고요. 시간도 대충 맞아요." "아니야." 인선이 고개를 저었다. "낮술 마셔. 날씨도 딱 좋은데." 준희가 웃으며 대꾸했다. "맞아요. 완벽한 날씨죠." 종착역에 도착한 승객들이 긴 잠에서 깨어나 비로소 눈을 뜬 듯 제각기 들뜨고 설레는 표정으로 짐과 우산과 일행을 챙기느라 기차 안은 어수선했다.

초록 스웨터

편혜영

머지않아 의사의 말대로 되었다. 엄마는 복수가 차오르고 두통과 구토 증세를 겪기 시작했다. 섬망을 보는지 허공을 향해 손짓을 하며 중얼거렸다. 휘파람을 불 때도 있었다. 어쩌면 한숨을 쉬는 것인지도 몰랐다. 한숨은 때로 휘파람 소리처럼 들리니까. 좋은 꿈을 꾸는 중이라고 말해준 사람은 영주 이모였다. 아프기만 한 것은 아니라는 말 같아서 조금 안심이 됐다.

내가 열일곱이 되던 해 엄마는 소화불량 문제로 병원을 찾았다가 간 수치에 이상이 있다는 사실을 알았다. 수업이 일찍 끝나면 함께 병원에 갔다. 엄마가 여러 검사실을 다니는 동안 대기실에서 기다렸다. 버스를 타고 집으로 돌아가는 길에 엄마는 늘 이번에는 검사 결과가 괜찮았다고 말했다. 병세가 나빠지지 않았다는 것에 크게 안도하지는 않았다. 그즈음 엄마의 상태는 늘 괜찮아 보였기 때문이었다. 시간이 지나자 슬슬 엄마를 따라 병원에 다니는 일이 번거로워졌다. 사정이 괜찮을 때에도 더는 병원에 따라가지 않게 되었다.

어느 날 밤 엄마가 내게 구급차를 부르도록 했다. 그제야 엄마의 몸이 오랜 시간에 걸쳐 기능을 잃어가고 있었다는 것을 알아차렸다. 그간 검사 결과가 좋았던 적이 한 번도 없었으리라는 것도. 구급차를 탈 때 빌라의 이웃들이 인사하듯 나와 지켜봤다. 구급 대원이 엄마를 차 안으로 옮기려는데, 엄마가 내게 가까이 오라고 하더니 손을 내밀었다. 구급 대원은 재촉하지 않았고 나는 불안해하며 엄마의 손을 마주 잡았다. 이윽고 엄마는 잠을 자는 것처럼 두 손을 가지런히 배에 올리고 차에 실려 병원으로 갔다.

엄마의 몸이 병실에서 완전히 빠져나가고 간호사가 내게 종이가방을 건네주었다. 거기에 엄마의 옷과 슬리퍼, 지갑이 담겨 있었다. 지갑에는 엄마의 신분증과 카드 두 장, 현금 십구만 팔천 원이 들어 있었다. 병실을 소독하러

온 사람이 더는 여기에 있을 수 없다고 해서 나는 종이가
방을 들고 다른 건물 지하의 장례식장으로 내려갔다. 배
정된 방은 비어 있었다. 엄마조차 아직 내려오지 않았다.
잠시 후 한 남자가 오더니 대관료와 식대가 적힌 계약서
를 내밀며 사인을 요구했다.

서울로 대학을 가면서 첫 학기를 영주 이모 집에서 지
내게 됐다. 장례를 치르느라 기숙사 신청 기한을 놓친 것
이다. 짐을 꾸리는데 엄마 방에서 뜨다 만 초록 스웨터가
나왔다. 이제 겨우 밑단이 완성된 스웨터였다. 커다란 천
가방에는 수치가 꼼꼼히 적힌 도안도 함께 들어 있었다.
응급실에 가기 전 틈틈이 뜨개질을 했던 모양이었다. 당
연히 내 옷이라고 생각했지만 그러기에는 품이 너무 컸
다. 무엇보다 나는 뜨개옷을 좋아하지 않았다. 무겁고 따
갑고 투박했다. 엄마가 한창 취미를 붙여 목도리나 조끼
를 떠주었을 때도 마지못해 한두 번 착용해보고는 그만
이었다. 엄마도 그걸 모르지 않아서 더는 나를 위해 뜨개
질을 하지 않았다. 그래도 이별을 앞둔 처지라면 뭐든 남
겨주고 싶었을 것이고 그게 스웨터라고 생각하면 어떻게
든 완성해서 입고 싶었다.

집으로 들어가던 날 영주 이모는 간이 잘 밴 불고기를
해주었다. 이모의 남편이 커다란 불고기 그릇을 내 쪽에

놓아주었다. 아저씨는 부드러운 목소리로 내게 불고기를 좋아하는지 물었다. 그렇지 않으면서 나는 좋아한다고 대답했다. 밥을 먹고 난 후 이모는 트렁크를 열어 그럴 필요가 없는 옷까지 일일이 행거에 걸어주었다.

이모는 리서치 회사에서 설문 조사원으로 일했는데, 커다란 가방에 많은 매수의 설문지를 넣어 가지고 다녔다. 기업체에서 의뢰한 상품 선호도 조사가 많아서 이모 집에는 상품명을 무명의 포장지로 가린 견본과 응답자용 사은품인 필기구가 가득 쌓여 있었다. 조사 대상자에 적합하면 간혹 나도 설문지를 작성했다. 며칠간 상품 견본을 비교해서 써본 후 수십 개나 되는 질문에 답하는 일이었다. 한번은 라벨 없이 각각 A와 B라고 매직으로 표시된 물티슈를 사용하고 설문지를 작성했는데, 촉감이나 소지의 편이성 등을 묻는 간단한 질문에도 나는 즉답을 못하고 망설였다. 이모는 매사 진지하게 구는 나를 보고는 제 엄마와 똑같다며 놀렸다.

기숙사에 입주하던 날, 이모와 아저씨가 커다란 짐을 입구까지 옮겨주었다.

"밥 잘 챙겨 먹어."

이모가 썰렁한 기숙사 건물을 올려다보며 말했다. 이모는 평소 장난스럽게 굴다가도 고맙다거나 미안하다는 인사를 받아야 할 상황이면 눈에 띄게 무뚝뚝해졌다. 아저씨가 내게 악수를 청하며 말했다.

"언제든지 놀러와."

기숙사 생활은 삐걱거리는 옷장 문을 여는 것으로 시작되었다. 곰팡내가 심해서 한참 환기를 한 후 엄마의 방식대로 서랍장 바닥에 신문지를 깔고 양말과 속옷을 작은 크기로 접어서 넣어뒀다. 한방에 배정받은 동기는 밤이 되자 부모에게 전화를 걸어 기숙사의 허술한 냉방과 쿰쿰한 냄새를 불평했다.

몇 번인가 영주 이모가 찾아와 학교 앞에서 밥을 사줬다. 한번은 스테인리스 통에 김치를 담아 가져오기도 했다. 밤에 룸메이트와 함께 라면을 먹으며 꺼내 먹었지만 한두 번뿐이었다. 학기가 끝나고 기숙사를 떠나면서 냉장고를 정리하려고 열어보니 온통 곰팡이가 피어 있었다. 처음부터 받지 않았다면 좋았겠지만 그러기에는 이모가 조금 어려웠다. 이모는 종종 문자 메시지를 보내와 잘 지내고 있는지 물었다. 괜찮아요. 나는 늘 짧게 답장을 보냈다. 그게 다였다. 이모와 나 사이에는 공통된 대화거리나 관심사, 함께 생활한 데서 오는 친밀감, 혈연관계에서 생기는 책임이나 의무가 없었다. 그런 관계가 흔히 그렇듯 친절히 안부를 묻는 게 대화의 전부이다가 차츰 그러는 간격도 길어져 대학을 졸업할 무렵에는 거의 연락을 주고받지 않게 되었다.

몇 년 만에 느닷없이 전화를 걸어온 영주 이모는 다짜고짜 강화도에 가자고 했다. 나는 반갑지 않다는 것을 들키지 않으려고 예전처럼 대꾸했다.

"왜요?"

"왜요는 일본 요고."

이모도 예전처럼 대꾸했다. 그 때문에 단숨에 시간을 되돌린 듯한 기분이 들었다. 서먹해졌다는 뜻이다. 민망하거나 어색한 상황이 되면 이모가 어른답게 느긋이 몇 마디를 덧붙이곤 했는데, 오늘따라 큼큼거리기만 할 뿐 잠자코 있었다. 이모 역시 아무 얘기라도 해야 직성이 풀리는 사람은 아닌 것이다. 나로 말하자면 상대가 누구건 항상 화젯거리를 찾느라 애를 먹는 타입이었다.

강화도에 있다는 사람은 나주 이모였다. 엄마와 영주 이모, 나주 이모는 중학교 동창이었다. 엄마 말로는 중학교를 졸업한 후 각기 다른 고등학교로 진학한 데다 나주 이모네가 강화도로 이사 가면서 한동안 소원히 지냈다. 영주 이모가 부지런히 연락을 이어간 덕분에 우정이 지속됐다. 영주 이모는 이름 때문에라도 멀어져서는 안 된다며 친구들을 자주 불러모았다. 엄마의 이름이 성주니,

세 사람은 경상도나 전라도의 지명을 이름으로 가진 셈이었다. 그때까지 자신의 이름과 동일한 지역에 한 번도 가보지 못했다는 점도 같았다. 고등학교를 졸업하면 함께 세 곳을 모두 여행하자는 계획을 세웠으나 뜻을 이루지 못했다.

"세 사람의 이름이 다 그런 건 좀 이상하지 않아요?"

언젠가 내가 묻자 엄마가 피식 웃었다. 그렇게 말하는 내 이름은 경주였기 때문이었다. 엄마는 가장 좋아하는 지역의 이름을 따서 내 이름을 지었다.

약속 장소인 버스 정류장에 도착했을 때 영주 이모는 스마트폰 화면을 들여다보고 있었다. 귀에 이어폰을 꽂지 않은 채 유튜브를 보고 있어 소리가 다 들렸다. 이모와 얼마쯤 거리를 두고 서 있는 여학생이 듣기 싫은지 눈치 주듯 이모를 힐끔거렸다. 이모의 스마트폰에서 연명 치료에 관한 정보가 흘러나왔다. 보통 의식이 살아 있으면 마지막으로 '손'이라는 말을 하기 마련인데, 인공호흡기를 삽관하면 그런 말조차 할 수 없다는 얘기가 들려왔다. 누군가 아픈가보다 생각하기 이전에 외출 차림이라기에는 너무 편해 보이는 이모의 티셔츠가 눈에 들어왔다. 나는 멀찍이 선 채 여학생이 버스 정류장을 떠나기를 기다렸다가 이모를 알은체했다. 이모가 축 처진 입술을 끌어올려

활짝 웃으며 내 손을 꼭 잡았다.

　나주 이모는 강화도의 한 식당에서 일하고 있다고 했다. 이모에게서 직접 연락이 온 것은 아니고 아는 사람이 식당에 갔다가 본 것을 영주 이모에게 전했다. 당연히 나는 따라가고 싶지 않았다. 만날 이유가 없었다. 나주 이모가 어쩌다 강화도의 식당에서 일하게 됐는지 궁금하긴 했다. 오래전 교습소를 운영하던 이모에게서 피아노를 배운 적이 있었기 때문이다.

　"받을 돈이 있어."

　영주 이모가 망설이는 내게 실용적인 이유를 댔다.

　"네 엄마 돈이야. 나주가 안 갚았어."

　여전히 내가 별 관심을 보이지 않자 이모가 목소리를 낮춰 말을 이었다.

　"오백만 원이야."

　그게 이모가 강화도에 가려는 이유일 수는 있지만 유일한 이유는 아닌 것 같았다. 그래도 흥미가 생기는 액수이기는 했다. 사실을 말하자면 꼭 있었으면 싶은 돈이었다. 재계약에 실패해 구직을 하는 중이었으므로 더 많았다면 좋았겠지만 그 정도라도 요긴할 게 틀림없었다. 조금만 더 생각하면 엄마에게 여윳돈이 없었을 텐데도 빌려준 걸로 보아 나주 이모에게 시급한 문제가 있었으리라는 데 생각이 닿았겠지만, 나는 그런 사정은 고려하지 않았다. 나주 이모가 돈 때문에 엄마 장례식에 안 온 모양이라고 짐작해버리자 그 돈을 받는 게 당연하게 여겨졌다. 당시의 나로서는 누가 조문하러 왔는지 살필 여력이 없었으나 영주 이모가 끊임없이 그 사실을 상기시켰다. 어떻게 나주가 안 올 수가 있니. 이모는 엄마가 죽은 것보다 나주 이모가 장례식에 안 온 게 더 슬픈 것 같았다.

마땅히 할 얘기가 없는 사이이니만큼 버스에 올라타서는 노래나 들으며 잠이나 잤으면 했는데 이모가 끊임없이 이야기를 했다. 놀랍게도 모두 건강에 대한 것으로, 비타민 세 종은 반드시 챙겨 먹어야 한다는 얘기부터 시작했다. 말로만 한 것은 아니었다. 이모는 가방에서 세 알의 비타민을 꺼내 생수병과 함께 건네주고는 내가 먹는 걸 지켜봤다. 나는 귀찮았지만 내색하지 않고 고분고분 따랐다. 이모가 어색함을 누그러뜨리기 위해 누구에게나 먹힐 건강이나 영양제를 화제로 택한 것인지, 강박적으로 그것들에 몰두하게 된 이유가 있는지 알 수 없었기 때문이었다.

종점에 내려 택시로 갈아타고 나주 이모가 일한다는 식당으로 갔다. 단숨에 찾아간 것은 아니고 영주 이모가 나주 이모의 행방을 알려준 친구에게 전화를 걸어 식당

이름과 위치를 확인하는 과정을 겪었다. 그 과정을 통해 영주 이모가 다소 긴장하고 있으며 어찌 된 일인지 나주 이모는 물론이고 다른 친구들과도 만난 지 오래되었다는 사실을 짐작할 수 있었다.

점심때가 지나서인지, 평판이 별로인지 식당은 빈 테이블이 많았다. 이모는 내게 묻지도 않고 보리밥 정식 2인분을 주문했다. 반찬이 많은 음식을 시켜야 홀 서빙을 담당하는 나주 이모가 자주 테이블 쪽으로 올 것이고, 그러면 자연스럽게 우연인 양 인사를 나눌 작정인 듯했다. 하필이면 나와 동행한 것부터 자연스럽지 않았지만 거기까지는 생각이 미치지 않은 모양이었다.

슬쩍 식당 이곳저곳을 살폈지만 나주 이모는 보이지 않았다. 오히려 긴장이 누그러졌는지 이모는 이제껏 내가 어깨에 메고 있던 커다란 천 가방에 처음으로 관심을 두며 물었다.

"짐이 왜 그렇게 많아?"

나는 대답 대신 뒤판이 완성된 스웨터를 꺼내 이모에게 보여줬다. 이모는 보통 그러기 마련인 반응, 예컨대 색깔이 예쁘다거나 솜씨가 좋다는 말은 하지 않고 이렇게 큰 스웨터를 뜨다가는 손가락이 남아나질 않을 거라고 잔소리를 했다.

"여러 사람이 떴나보네."

뒤판을 쓸어보며 이모가 말했다. 땀의 크기가 조금씩 달라 보인다고 했다. 이모의 말대로 스웨터는 여러 사람의 손을 거쳤다. 뜨개질을 할 줄 아는 사람들이 얼마씩 이어 뜨는 식으로 뒤판을 완성했다. 나도 뜨개질을 배워 조금 떠보았으나 아란 무늬가 들어가는 부분에 이르자 혼자서는 어려워졌다. 그러느라 이만큼 뜨는 데도 꽤 오랜 시간이 걸렸다. 얼마간 뜨다가 또 한참 처박아두는 식으로 드물게 이어왔기 때문이었다.

"사이즈가 너무 크네."

이모가 말했다. 엄마가 도안에 표시해둔 치수대로 뜨자 스웨터는 내 것이라기엔 확실히 너무 컸다. 그렇다고 누구를 위한 옷인지 짐작 가는 것도 아니었다. 혹 영주 이모는 알까 해서 굳이 스웨터를 챙겨 나온 것이었다.

이모가 바늘에서 실이 빠지지 않게 조심하며 밑단을 몸에 대보려는데 식사가 나왔다. 우리가 각종 나물을 넣고 보리밥을 비벼 다 먹을 때까지 나주 이모는 보이지 않았다. 음식을 가져다준 사람은 젊은 여자였고, 추가로 반찬을 가져다준 사람은 내내 카운터에 서 있는 걸로 보아 아마도 주인인 듯한 남자였다.

음식값을 계산하면서 영주 이모가 카운터의 남자에게

나주 이모에 관해 물었다. 남자가 나주 이모는 한 달에 두 번 쉬는데, 오늘이 그날이라고 했다. 영주 이모가 오랜만에 찾아온 친구라며 하도 부탁해서 남자가 나주 이모에게 전화를 걸어주었다. 남자의 수화기를 통해 나주 이모의 목소리가 조그맣게 새어 나왔다. 나주 이모는 자신을 찾는 사람이 누구인지 물어보지도 않고, 마치 누구인지 안다는 듯 대뜸 집주소를 일러주라고 전했다.

나주 이모네 집으로 가는 버스를 타려면 사십 분 정도 기다려야 했다. 긴 배차 간격에 이모는 잠시 불평을 했다. 택시를 타도 멀지 않은 거리였으나 이모에게는 그럴 생각이 없는 듯했다. 요금을 아끼기 위해서가 아니라 시간을 끌려는 것 같았다. 아무래도 나를 앞세운 채권자 노릇이 이모에게도 버거운 모양이었다. 이모는 버스를 기다리는 동안 뜨개질이나 하겠다면서 스웨터가 든 천 가방을 가져갔다.

다시 만난 이후 이모가 이렇게 오래 입을 다문 건 처음이었다. 만약 뜨개질이 아니었다면 이모는 무슨 핑계로 소란한 마음을 감추었을까.

틈이 벌어진 철제 대문 사이로 안에서 누군가 걸어나오는 게 보였다. 한 할머니가 문을 열어주었다. 나주 이모의 엄만가 하고 생각했지만 할머니는 큰 소리로 자신을 지층에 사는 사람이라고 소개했다. 할머니가 세입자라는 사실을 알고 나는 조금 안도했다. 어쩐지 이모가 세 들어 사는 것일지도 모른다고 생각했던 것이다. 서로의 집을 자주 오가는지 할머니가 나주 이모 집의 비밀번호를 능숙하게 눌러 문을 열어주었다. 할머니 말에 의하면, 치매에 걸린 엄마를 돌보러 나주 이모가 이 집에 들어와 살기 시작했다.

영주 이모와 나는 거실 입구에 서서 낯선 집을 둘러봤다. 주인도 없는 집을 살피는 게 민망했으나 커다란 통의 인삼 담금술이나 농약사 마크가 찍힌 달력, 시디플레이어가 있는 태광에로이카 오디오, 텔레비전 주위에 늘어선 지저분하게 자란 다육식물과 죽은 산세베리아 화분 같은 것에 자연스레 눈이 갔다. 번듯한 물건은 보이지 않았다. 활짝 열린 방문 너머로 방수 매트가 깔린 침대, 이동식 링거 폴대 같은 것도 눈에 띄었다. 그 물건들 때문에 어쩐지 이모 집이라는 생각이 안 들었다. 업라이트피아노가 보이지 않아서 그런 기분이 드는지도 몰랐다. 내게 나주 이모는 늘 피아노 앞에 앉아 있거나 악보를 보고 있는 사람이었기 때문이다.

영주 이모도 비슷한 생각을 했는지 긴장한 표정으로

거실을 둘러보다가 십 원짜리 동전이 가득 든 커다란 플라스틱통을 보고서야 얼굴이 부드러워졌다.

"나주 집 맞네."

이모네가 대입 시험을 볼 당시, 자신이 태어난 해부터 고3이 되는 해까지 발행된 십 원짜리 동전을 연도별로 모두 가지고 있으면 행운이 온다는 미신이 있었다고 했다. 공부에는 별 관심이 없지만 인생에는 낙관적인 아이들이 그런 미신을 믿듯이 나주 이모는 공부보다 십 원짜리 동전을 모으는 일에 최선을 다했다. 하지만 뒤늦게 미신에 매달린 탓에 1970년도에 발행된 십 원짜리는 구하지 못했다. 그 때문에 실기 평가를 망쳤다고 확신한 나주 이모는 십 원짜리 동전을 모으기 시작했다. 일부러 백 원짜리를 십 원짜리로 바꾸기도 하고 다른 사람에게 십 원짜리 동전을 얻기도 했다.

영주 이모가 자연스럽게 냉장고 쪽으로 가더니 제집 손님 접대하듯 수박을 내왔다. 그래도 되느냐고 물으려다가 안 될 게 무어냐 싶어서 잠자코 먹었다. 말라 죽은 화분들이 죽 늘어서 있는 걸 보자 나주 이모가 전과 다르게 뭔가 방치하고 있다는 생각이 들었고 어쩐지 오백만 원을 못 받을지도 모른다 싶어졌던 것이다.

"우리 남편은 어릴 때 수박 장사를 한 적 있대."

영주 이모가 혼잣말처럼 입을 열었다. 가게를 차린 것은 아니고 집에서 몇십 킬로미터를 걸어 장터로 수박을 팔러 갔다는 것이다.

"수박이라니, 자두도 아니고. 열셋밖에 안 된 애가 그 큰 걸…… 리어카도 없어서 열 통도 넘는 수박을 온몸에 이고 지고 장까지 걸어갔대."

나는 잠자코 들었다. 아저씨 눈매가 떠올랐다. 웃을 때 부드럽게 감기는 눈이었다.

"얼마나 무거웠겠니."

이모가 한탄하듯 말했다. 딱히 할 말이 없어서 나는 얼마나 힘들었겠어, 하고 이모 말을 따라 했다.

"얼마나 더웠겠어."

이모가 말을 보태기에 나도 덧붙였다.

"얼마나 먹고 싶었겠어."

"에이, 그건 아니지. 팔려고 가져간 걸 먹으면 안 되지."

이모가 정색하고는 어린애가 불쌍하기도 하지, 하고 말을 이었다.

"그래서 이모는 수박을 싫어해요? 아저씨가 고생한 게 생각나서요?"

내가 물었다. 이모가 눈을 동그랗게 뜨고 대답했다.

"다 지난 일인데 그런 걸로 수박을 싫어해서 뭐해?"

맞는 말이었다. 나는 고개를 끄덕였다.

"수박이 얼마나 시원한데."

이모가 덧붙였다.

"수박이 얼마나 단데."

나는 다시 이모의 말을 따라 했다.

수박을 싫어하지 않는 이모는 내가 먹지 않고 남겨둔 것까지 야무지게 챙겨 먹었다. 그러고는 다시 뜨개질거리를 가져가서 능숙하게 손을 놀렸다. 나는 이모 손에서 초록 스웨터가 조금씩 자라는 걸 지켜보다 커다란 플라스틱통에 든 동전을 거실에 쏟아놓고 1970년도에 발행된 십 원짜리를 찾아보았다.

엄마의 미완성 스웨터를 처음 이어서 떠준 사람은 기숙사 룸메이트였다. 쇼핑백에 처박아둔 걸 보더니 뭐냐고 물었고, 뜨개질을 가르쳐주다가 성에 차지 않는지 틈나는 대로 떠줬다. 남자친구에게 줄 스웨터냐고 물었는데 내 것이라고 하자 유행을 따르는 타입이네, 하고 대꾸했다. 그 애 때문에 나는 엄마가 뜨고 있던 스웨터가 다른 사람의 것일 수도 있겠다는 가정을 하게 됐다. 그러고 보면 엄마에게는 왜 나밖에 없다고 생각했을까.

그다음으로 뜨개질을 해준 사람은 같은 과 친구였다. 그 애와는 일 년간 줄곧 수업을 함께 듣고 점심을 같이 먹었다. 가을에는 수업을 빠지고 며칠간 영화제에 같이 가기도 했다. 겨울방학이 끝날 즈음 갑자기 그 애에게서 만나자고 연락이 왔다. 개강이 머지않았고 몸도 좋지 않아서 나중에 보자고 하니 자취방으로 오겠다고 했다. 좁은 원룸에 들어와서는 잠자코 방안을 둘러보더니 취향이 노인네 같다며 웃었다. 그러고는 이런저런 물건들을 만져보았다. 창문틀에 놓인 스탠드와 황동 거울, 오래된 싸구려 시계와 커피잔까지. 나보다 엄마와 함께 긴 시간을 겪은 물건들이었다. 그 애는 마침 꺼내놓은 뜨개질 뭉치를 가리키며 웬 거냐고 물었다. 나는 머뭇거렸다. 그때까지 누구에게도 엄마가 '죽었다'는 말을 해보지 않은 것이다. 그 말을 하는 순간 엄마의 일부가 완전히 사라져버릴 것 같았다. 대답을 기다리듯 그 애가 나를 쳐다봤다. 나는 잠시 뜸을 들였다. 사실을 털어놓거나 농담으로 분위기를 바꿔야 한다고 생각했으나 실제로는 무슨 일로 왔느냐고 딱딱하게 되물었다. 그 애의 얼굴이 조금 굳는 게 보였다. 그때라도 엄마에 대해 말했다면 좋았으리라는 생각은 나중에 들었다. 그 애는 더 묻지 않고 자신이 떠도 되느냐고 하더니 엄마가 사둔 초록색 실을 다 쓸 때까지 뜨개질만 했다. 그 애의 침묵이 길어질수록 나는 눈치를 봤다. 어떤 말을 하는 데는 작별하는 마음이 필요하다는 걸 설명할 자신이 없었다. 그 애는 실을 다 쓰고 나자 그럴 시간이 되었다는 듯 묵묵히 일어섰다. 배웅도 마다하고 완강히 뒤돌아서 가는 그 애에게 조금 미안해졌다.

학기가 시작되었지만 그 애가 보이지 않았다. 전화를 걸어도 연락이 닿지 않아 다른 동기에게 물어보니 캐나다로 유학을 갔는데 여태 몰랐느냐고 외려 되물었다.

어째서 내게 미리 말해주지 않았던 걸까. 왜 인사를 나눌 기회를 주지 않았을까. 거리를 두려는 것으로 보여 내게 실망한 걸까. 그러고 보니 그 애는 종종 내가 자기 앞에서 말수가 적어진다고 지적했었다.

그 일로 한동안 무척 자책하는 시간을 보냈다. 이제껏 이런 식으로 거리를 두며 사람들에게 상처를 주었다는 생각이 들었다. 우정이 시간과 더불어 저절로 지속되지 않는다 싶어지면 금세 포기해버렸다. 한동안 스웨터를 내팽개쳐둔 것은 그 때문이었다.

능숙하게 뜨개질을 하던 영주 이모가 별안간 손을 멈추더니 도안을 들여다봤다.

"이런, 너무 열심히 떴네."

이모가 이미 뜬 부분을 조심스럽게 풀기 시작했다. 실이 꼬이거나 한꺼번에 풀리지 않도록 주의하며 한 땀씩 풀어냈다. 나로서는 한번 틀리면 회복 불가능하다 여겨지는 것을 이모는 망설이지 않고 고쳐나갔다.

"그런데 이거 네 옷이야?"

엄마가 뜨던 것이라고 말해주자 이모가 물었다.

"성주가 나한테 주려고 뜬 걸까? 초록색인 걸 보니 그런 것 같아. 내가 초록색을 좋아하거든."

이모가 근거를 대듯 신고 있는 초록색 양말을 가리켰다. 그러고는 스웨터를 몸에 갖다 대고 거울을 보았지만 이모도 자신의 옷이라고 우기지 못할 정도로 품이 컸다. 이모가 아쉬워하는 듯해서 초록색은 우리나라 사람이 좋아하는 색깔 중 두 번째로 꼽히곤 해서 어지간하면 누구나 좋아하기 마련이라는 말은 꺼내지 않았다. 그래도 이모 역시 나와 비슷한 생각을 한다는 걸 알 수 있었다. 이옷의 주인이 내가 아니라는 생각 말이다. 이모가 다시 뜨개질을 하며 말했다.

"누구 옷이면 어때. 성주가 뜨던 건데."

나도 이모를 따라 말했다.

"누구 옷이면 어때. 엄마가 뜨던 건데."

나주 이모는 오후 다섯 시가 넘어서야 집에 왔다. 어쩌면 일부러 집을 비웠거나 아예 오지 않을지도 모른다고 생각할 즈음 현관문 열리는 소리가 났다. 영주 이모는 현관 쪽에서 기척이 들릴 때마다 굳은 표정으로 뜨개질하

던 손을 멈추었는데, 막상 나주 이모가 문을 열고 들어서
자 어색해하며 웃음을 터뜨렸다.

나주 이모가 쓰고 있던 모자를 벗자 머리에 꽂혀 있는
흰 리본 핀이 보였다. 그걸 보고 영주 이모가 조금 놀라
는 표정을 지었다. 나주 이모는 들고 있던 커다란 비닐봉
지를 내려놓고 성큼 다가와 영주 이모와 나를 한 번씩 꼭
안아주었다.

한동안 만나지 않았던 두 사람 사이를 생각하면 그저
그런 인사말이라도 나눠야 하지 않나 생각했지만 그런
말은 없었다. 영주 이모는 나주 이모를 도와 장 봐 온 물
건을 정리하면서 엄마의 미완성 스웨터 얘기를 해주었
다. 나주 이모도 대뜸 스웨터를 몸에 대보더니 크기로 보
나 디자인으로 보나 자신의 옷 같다고 했다. 언젠가 뜨개
옷 입은 것을 보고 예쁘다고 하니까 엄마가 환갑 선물로
떠준다고 약속했었다는 것이다. 올해가 꼭 환갑이니 자기
선물이 틀림없다고 장담했지만 영주 이모가 도안을 확인
해 스웨터의 팔 길이를 말해주자 더는 우기지 못했다.

나주 이모가 사 온 고기를 구워 먹으며 이모들은 우리
셋 외에 스웨터를 받을 만한 사람이 있을지 떠올려보았
다. 엄마의 고등학교 때 친구들, 친하게 지냈다던 뜨개방
회원, 엄마와 함께 오퍼상 경리로 근무한 적 있는 언니,

김장을 돕고 장 보기를 같이하던 이웃들이 차례로 물망에 올랐다. 그중 한 사람은 이민을 갔다는 걸 나주 이모가 기억해냈고, 한 사람과는 사는 곳이 멀어지면서 연락이 끊겼다는 걸 영주 이모가 금세 떠올렸다. 아무리 친하다고 해도 뜨개방 사람에게 뜨개옷을 선물할 리 없다는 이유로 뜨개방 회원도 제외되었다.

"경주한테 남자친구가 있었나?"

영주 이모가 혼잣말하듯 물었다. 아무래도 품이 크고 팔도 긴 사람이어야 하니까. 내 이름을 댔지만 영주 이모는 엄마의 남자친구를 상상하는 듯했다. 조금 쑥스러워하는 폼이 그랬다. 그러다 이모들은 간단한 해결책을 찾아냈다. 스웨터를 완성한 다음 엄마를 알던 사람들을 찾아다니며 입혀보고 그중 스웨터가 잘 맞는 사람이 있다면 그 사람이 옷의 주인이라는 것이었다. 이모들이 스스로 찾아낸 해결책에 감탄하느라 들떠 보여서 스웨터라는 것은 속옷과 달리 몸에 딱 맞게 입지 않는 법이라서 대충 크게 입자고 들면 누구라도 다 어울릴 거라는 말은 속으로 삼켜야 했다. 하지만 몸이 아픈 중에도 엄마가 누군가를 떠올리며 뜨개질을 했다는 생각은 나를 기쁘게 했다. 한 땀씩 초록색 실을 이어나가는 동안 통증이 조금 잦아들었을지도 몰랐다.

저녁을 먹고 나자 영주 이모는 눈에 띄게 늑장을 부렸다. 천천히 설거지를 한 후 옷이 젖었다며 갈아입을 옷을 달라고 했고 갑자기 배가 아프다며 화장실에 틀어박혔다. 그래도 택시를 부르면 돌아갈 수 있을 만한 시간이었지만 앱으로 예상 요금을 확인해보고 나서 나도 곧 포기했다.

그 밤을 함께 보내고 나서야 나는 지난 시간 동안 이모들이 어떤 연유로 소원해졌는지 조금 알게 되었다. 이모들은 에어컨이 설치된 거실에 잠자리를 보고 나는 나주 이모가 고등학교 때부터 썼다는 방에 누웠는데, 문을 열어두어서 이모들이 떠드는 나직한 말소리가 고스란히 들려왔다. 영주 이모의 남편이 얼마 전 받았던 긴 시간이 소요된 수술 얘기가 들렸다. 아저씨는 아직 입원 중이라고 했다. 나주 이모가 서울의 교습소를 그만두고 강화도로 다시 들어온 이야기도 들을 수 있었다. 간병이 길어지면서 그간 모아놓은 돈이 축났고 교습소와 피아노를 팔아치우고 매달 공과금과 약값 외에 최소한의 식비로 살림을 꾸려오며 삶을 간소화한 이야기였다.

그러고는 엄마 얘기가 나왔다. 나주 이모가 점차 아는 사람들에게 돈을 빌리게 되어 엄마에게도 돈을 꾸었다는 식의 얘기는 아니었다. 중학교 때 엄마의 주도로 소풍지에서 집까지 내리 걸어왔다가 며칠간 어기적거리며 다녀야 했던 것과 학급 담당 화분을 깨먹은 얘기, 스무 살이 되기도 전에 호프집에서 맥주를 마시고 취한 얘기 같은 것이었다. 이모들이 웃는 소리를 들으며 나는 오백만 원은 영주 이모의 거짓말이거나 구실에 불과하다는 걸 받아들였다. 영주 이모는 그저 나주 이모를 보러 온 것이고 내게도 나주 이모와 인사를 나눌 기회를 준 것이었다.

나주 이모가 뭔가 떠오른 듯 내가 누워 있는 방으로 들어오더니 책상 아래 놓인 상자를 뒤졌다.

"이게 뭔지 알아?"

이모가 손에 든 것은 카세트테이프였다. 겉면에 '즐거운 노래방'이라고 적힌 오래된 인덱스가 붙어 있었다. 이모는 얼마 전 짐 정리를 하다가 이 테이프를 찾았다고 했다.

카세트테이프를 살펴보던 영주 이모가 갑자기 모든 것이 떠오른 듯 크게 웃음을 터뜨렸다. 한때 이모들은 가기 싫다는 엄마를 설득해 종종 노래방에 갔는데, 즐거운 노래방은 손님들이 룸에서 부른 노래를 테이프에 녹음해주곤 했다. 그건 이 낡은 카세트테이프에 오래전 엄마가 부른 노래가 남아 있을지도 모른다는 뜻이었다.

나주 이모는 테이프를 재생할 만한 카세트 플레이어를

찾아 집을 뒤졌다. 짐작대로 하나가 나왔는데 고장이 났는지 전원이 켜지지 않았다. 나주 이모는 아래층 할머니 댁에도 가봤다. 카세트 플레이어가 있느냐고 묻자 할머니는 손자가 휴대폰에 깔아준 음악 앱을 보여주었다고 했다.

그러고 보니 엄마가 노래를 부르는 건 들어본 적이 없는 듯했다.

"너 음치 된다고 자장가도 안 불러주고 동요 테이프로 들려줬잖아. 생일 축하 송도 안 불렀어."

영주 이모가 웃으며 말했다. 이모는 긴장한 표정으로 마이크를 움켜잡은 엄마를 흉내 냈다.

"떨리는 소리가 참 좋았는데……"

나주 이모가 말했다. 스스로 노래를 못한다고 여겨서 다른 사람들 앞에선 절대 노래를 안 불렀지만 이모들과 있을 때는 간혹 정미조나 산울림의 노래를 부르기도 했다는 것이다. 두 곡 다 모르는 노래라고 하니 나주 이모가 유튜브에서 찾아 들려주었다. 그러고는 카세트테이프와 고장 난 플레이어를 내게 주었다.

"고쳐서 들어봐. 없어도 들을 수야 있지만 직접 들어보는 게 더 좋지."

교습소를 운영하던 시절 나주 이모는 꿈같은 말을 자

주 하는 사람이었다. 쉼표에서 멜로디가 만들어진다는 말[*]이나 건반을 누르지 않는 것도 연주라는 말, 피아노를 치지 않아도 이미 연주가 시작되는 곡이 있다는 말[**]이 그랬다. 어째서라거나 어떻게라고 물어보면 어깨를 으쓱하며 네가 생각하면 있는 것이라고 태연히 대꾸했다. 생각이나 상상력이 비밀의 원천이라는 말은 핑계에 지나지 않는 것 같아서 이모의 말을 귀담아듣지 않았다.

나는 버스를 타고 다녀야 하는 이모의 교습소를 좋아했다. 장래를 위해 특별하고 근사한 일을 준비하는 기분이었다. 무엇보다 이모는 나를 기다려줬다. 나는 음표가 이어진 악보를 볼 때마다 건반 위에서 망설이며 손가락을 떨었다. 일단 건반을 누르면 미숙한 소리가 시작된다는 게 두려웠다. 이모는 연주를 재촉하고자 손등을 툭 치거나 하나 둘 셋을 세는 법이 없었다. 하지만 이모의 교습소를 좋아했던 것과 달리 오래 다니지는 못했다. 함께 교습소를 다니던 아이에게 공짜로 피아노를 배우고 있다고 자랑했다가 그 애의 부모가 이모에게 항의했기 때문이었다.

다음날은 아래층에서 들려오는 텔레비전 소리에 일찍

---

[*] 엔니오 모리코네의 말.
[**] 조성진의 말.

눈이 떠졌다. 자리에서 몸을 뒤척이고 있자 이미 잠이 깨서 스웨터를 뜨고 있던 나주 이모가 다가왔다. 귀가 어두운 아래층 할머니가 매번 텔레비전 소리를 크게 틀어두어서 이모의 기상 시간도 빨라졌다고 했다. 이제 그 소리가 들리지 않으면 당장 내려가보게 된다고.

내친김에 이모에게 아란 무늬 뜨기를 가르쳐달라고 했다. 몇 번이고 이모 도움을 받고 나서야 조금 손에 익은 느낌이 들었다. 힘을 주고 바늘을 놀리는 내게 이모가 잘못 뜨는 걸 겁내지 말라고 했다. 틀리면 다시 뜨면 되고 잘못되면 풀어버리면 된다면서.

"이 부분은 색깔이 좀 어두워서 아쉽네."

나주 이모가 뒤판 위쪽을 가리키며 말했다. 엄마가 사놓은 초록색 실을 다 쓰고는 똑같은 것을 찾지 못해서 비슷한 색상의 실로 이어 뜬 부분이었다.

그 부분을 떠준 사람은 남자친구였다. 그는 한동안 방치돼 있던 스웨터를 몸에 대보더니 자기에게 잘 어울리는 색이라고 했다.

"이거 다 뜨면 내가 입어도 돼?"

그가 물었다. 나는 그러라고 했다. 그때만 해도 그가 뜨개질을 할 줄 안다는 사실이 운명처럼 여겨졌다. 엄마의 옷을 줘도 아깝지 않을 것 같았다. 그 이유로 그가 스웨터를 전부 뜨게 될 거라고 확신했다. 하지만 그도 스웨터를 다 뜨지 못했다. 나중에야 다행이라는 생각이 들었다. 엄마의 스웨터가 내게 남았으니까. 스웨터를 다 뜨고 난 후 헤어졌다면 다시 돌려달라고 말하기 싫었을 것이다. 그는 연락을 받지 않는 것으로 이별을 알렸다. 한참 만에 연락이 닿았을 때는 이유도 말해주지 않고 헤어지자고 했다. 나는 당연히 그에게 비밀이 있다고 생각했다. 다른 사람이 생겼으리라고 말이다. 한동안 분을 풀지 못하고 열심히 그의 주변을 캐고 다녔으나 불행히도 그가 다른 사람을 만나기 위해 혹은 만나고 있어서 나를 떠났다는 기미는 보이지 않았다. 그가 순전히 내가 싫어서 떠난 거라고 생각하면, 그럴싸한 이유를 댈 수도 없을 만큼 사소한 것들로 내가 싫어져 무례한 방식을 택했다고 생각하면 더 견디기 힘들었다. 가장 친밀했던 존재가 한순간 낯을 바꿔 경멸 섞인 무관심을 드러내자 나는 금세 위축되었다. 무엇을 하든 나를 탓하고 의심했다. 한때 사랑했던 것들과 어떻게 헤어져야 하는지 몰라서였다.

불현듯 이모에게 내가 느낀 상실감을 말하고 싶어졌다. 그동안 내게 "시간이 흐르면" 하고 시작하는 말을 해주는 사람들이 많았다. 그런 말은 하지 않는 사람보다 기어이 하는 사람이 많으니까. 나도 그 말에 의지했지만 그 말은 진실이 아니었다. 시간은 그냥 흘러갈 뿐이고 마음은 여전했다. 뜨개바늘을 든 채 머뭇거리고 있자 이모가 하다보면 나아진다고 웃으며 말해주었다.

영주 이모가 바로 병원으로 가야 해서 조금 서둘렀다. 현관을 나서며 나는 나주 이모에게 동전 네 개를 건넸다. 십 원짜리를 모아놓은 통에서 찾은 1970년도 동전이었다. 그해의 적동 십 원짜리는 여느 해의 동전보다 가치를 쳐준다는 얘기도 해주었다. 비싼 건 백만 원도 넘는다고. 이모가 반색하며 동전을 받아 들여다보았다. 횡재한 기분을 망치는 듯해서 미사용일 경우에만 해당된다는 말은 하지 못했다. 이모는 행운이 있을 거라며 동전을 다시 내게 쥐여주었다.

나는 오래되어 표면이 매끄러워진 동전을 만지작거렸다. 어쩐지 이 동전들을 오래 간직하게 될 것 같았다. 내게 오백만 원은 없지만 어쩌면 백만 원일지 모르는 동전 네 개와 언제나 십구만 팔천 원이 든 지갑이 있다는 걸 잊고 싶지 않았다. 무엇보다 아직 완성하지는 못했지만 엄마가 뜨다 만 스웨터도 있고 엄마의 노래가 담겼을지 모를 테이프도 있었다. 그러고 보면 엄마가 내게 슬픔만 남겨두고 간 것은 아니었다. 나는 여전히 엄마의 손을 마주 잡았을 때의 느낌을 기억했다. 삶에 냉담해질 이유가 많았지만 그렇게 되지 않은 것은 그 기억 때문이었다.

영주 이모가 갑자기 생각난 듯 현관에 서서 비타민을 챙겨 먹고 우리에게도 한 알씩 주었다. 곧 영주 이모가 "가자" 하고 말했고 나주 이모가 "다음에 또 와" 하고 말하며 내 손을 꼭 잡았다.

인터뷰

고요와 소란 사이에서, 음악과 이야기 사이에서
다섯 명의 작가와 편집자가 함께한 인터뷰

희망의 자격, 아름다움의 능력

김애란

● 공통 질문

1. 평소 쓰는 소설과 달리 이번 책은 '음악 앤솔러지'라는 콘셉트가 분명해요. 제안에 응한 결정적인 이유가 있다면 들려주세요.

그동안 프란츠에서 나온 책의 색과 결을 보면 이 책도 분명 아름다운 책이 되리라 기대했어요. 저도 그 음악의 일부가 되고 싶었고요. 처음에는 어떤 분들이 참여하시는지 모르고 제안에 응했는데 나중에 함께하는 분들의 성함을 보고 무척 반가웠습니다. 제게는 이 책이 동료 작가들과 같이 찍은 어느 한 시절의 사진 혹은 앨범으로 남을 것 같습니다. 책장을 펼치면 다섯 개의 음악이 흘러나오는 '멜로디 카드'로요.

2. 청탁 연락을 받고 가장 먼저 떠오른 음악이 있으셨나요. 소설을 쓰는 동안 처음의 음악이 유지되었는지, 또는 바뀌었는지도 궁금합니다.

처음에는 특정 음악보다 형식이 먼저 떠올랐어요. 음악 관련 기획인 만큼 서사보다 문장의 운율을 살린 단편을 써보면 어떨까 싶었고요. 언젠가「침묵의 미래」
에 넣은 것 같은 리듬을 변주해볼까 고민하다 자칫 잔
재주를 부리는 데 그칠지 몰라 방향을 바꿨습니다. 그
뒤 계속 적절한 형식과 내용을 궁리하다 처음 떠오른
노래가「러브 허츠Love Hurts」였어요.

어릴 때 저는 그저 '저 노래를 따라 부르고 싶다'는
욕구만으로 뜻 모르는 팝송 가사를 한글로 옮겨 적곤
했는데요. '의미'가 아닌 '소리'를 따라 불렀을 뿐인데
왠지 그 곡을 제가 가진 것 같아 설렜습니다.「러브 허
츠」는 그런 경험을 어른 버전으로 풀기 적당한 곡이라
생각했어요. '소리'가 먼저 오고 나중에 '의미'가 따라
오는 '이별 이야기'에 어울릴 듯했고요. 독창과 이중창,
오해와 이해, 모국어와 외국어의 겹을 쌓기에도 괜찮
을 것 같았습니다.

3. 인물의 이름에 대한 것이든 제목에 대한 것이든 다른 사
람들은 잘 눈치채지 못하는, 소설에 숨겨놓은 비밀스러운 요
소가 있을까요?

음악 관련 단편인 만큼 주인공 이름에 계이름 하나
를 넣고 싶었습니다. 이 소설에 "내 이름은 김은미, 에

이미라고도 해. 둘 다 '미' 자로 끝나지"라는 대사가 나오는데요. 이때 '미'는 '도레미' 할 때 '미'이자 '아직'이란 뜻의 접두사인 '미', '아닐 미未' 모두를 포함하는 글자입니다. 물론 "'도미도미도미……' 오직 두 음으로만 구성된 구급차 소리"의 '미'이기도 하고요. 참고로 부모 간병을 오래 한 헌수 이름 안에는 '지킬 수守' 자 하나를 넣어주고 싶었고요.

4. 청각적인 것, 시각적인 것, 촉각적인 것 등 중에서 소설 쓰는 데 가장 영향을 미치는 것은 무엇인가요?

저는 시각 정보에 예민한 편이에요. 다른 감각도 시각화해 표현하는 걸 좋아하고요. 그러고 보니 전에도 어떤 청각 정보를 시각적으로 푼 경험이 있네요. 쑥스럽지만 잠깐 인용해보겠습니다.

이윽고 아이들은 노래했다. 아직 '맛' 경험이 적은, 죽은 동물을 덜 먹어본, 축축하고 맑은 혀로. 어떤 음은 허공에 가느다란 포물선을 그리다 고꾸라지고, 어떤 음은 누군가의 단독 비행을 좇다 기꺼이 함께 낙하하고, 모두가 막 사라진 음의 행방을 신경 쓸 찰나 그 소멸을 위로하듯 여러 개의 음이 다시 풍등처럼 날아올랐다. 그리고 그 사이사이 아름다운 가교처럼 이어지던 재이의 독창.(「가리는 손」 중)

아름답지 않나요?(웃음) 왠지 최근에 「이응 이응」 같은 단편을 쓴 작가라면 '촉각'을, 「사월의 미, 칠월의 솔」을 쓴 작가라면 '청각'을 뽑을지 모르겠다고 짐작해보는데요. 저 또한 앞으로 더 풍요로운 묘사를 위해 다른 감각을 열심히 훈련하겠습니다.

5. 작업할 때 음악을 듣는 편이신가요. 이번 소설을 쓸 때는 어떠셨나요. 소설에 음악이 나오지만, 독자들에게 꼭 추천하고 싶은 음악이 있다면요.

이번 단편에 나오는 「러브 허츠」만 해도 아마 수백 번은 들었을 거예요.(웃음) 사실 특별히 감정적 도움을 받고 싶을 때가 아니면 작업 중에는 음악을 거의 틀지 않는데요. 제가 뭘 쓸 때보다는 다른 작가의 소설을 읽을 때 그 안에 언급되는 곡을 찾아 듣는 편이에요. 『시대의 소음』줄리언 반스이나 『암스테르담』이언 매큐언 등을 펼칠 때 그랬고요. 이수지 작가의 『여름이 온다』를 비발

디의 「여름」(『사계』 중)과 함께 읽은 경험도 꽤 강렬하게 남아 있어요. 『여름이 온다』가 그런 독서 방식을 권장하기도 하고요.

마찬가지로 음악 자체가 아닌 '소설 안에 음악이 나오는 장면'을 추천해도 된다면, 『칠드런 액트』이언 매큐언 속 한 장면을 소개해드리고 싶어요. 종교적인 이유로 수혈을 거부해 죽어가는 한 소년(애덤)과 유능한 여성 판사(피오나)의 첫 만남을 그린 장면이에요. 애덤이 바이올린을 턱 밑에 끼우고 아일랜드의 전통 곡조를 연주하는 걸 피오나가 들어요. 예이츠의 시 「버드나무 정원을 지나」에 곡을 붙여 만든 민요인데, '너무도 희망적이며 꾸밈없는' 애덤의 연주를 듣는 동안 피오나는 마음에 동요가 이는 것을 느껴요.

이 만남 후 피오나는 병원에서 애덤을 치료할 수 있게끔 법적 판결을 내립니다. 어떤 악기에라도 취미를 붙이는 것은 '희망의 행위'임을 발견했으니까요.

● 개별 질문

1. 「안녕이라 그랬어」는 오해에서 시작되는 이야기라고 할 수 있을 것 같아요. 과거 연인이었던 헌수가 튼 「러브 허츠」

를 듣고 '나'가 'I'm young'이라는 가사를 '안녕'이라고 잘못 알아들어요. 그런데 그로부터 몇 년 뒤 '나'가 화상 영어 수업을 받잖아요. 외국어는 기본적으로 오해를 전제할 수밖에 없어서인지 이 두 설정의 포개짐이 절묘하다는 생각이 들었는데, 쓸 때는 어떤 장면을 먼저 떠올리셨나요?

먼저 떠올린 건 주인공이 'I'm young'이라는 가사를 '안녕'이라 잘못 알아듣는 장면이었어요. 팝송에서 갑자기 한국어가 들린다는 게 좀 무섭고도 웃기잖아요? 이 소설이 뒤에 무게가 실리니 일단 이야기의 도입부는 부드럽게 열고 싶었어요. '감정'이 아니라 '상황' 때문에 헤어지는 어른의 연애, 어른의 이별을 그려보고도 싶었고요. 주인공의 머릿속에는 이미 킴 딜이 '재미교포 가수'일 거라는 생각이 크게 자리 잡혀 노랫말도 '자기가 믿는 대로' 들린 게 아닐까 싶네요. 그러니 우리는 평소 얼마나 많은 말을 자기 식대로 믿고, 또 얼마나 많은 말을 안녕이라 잘못 받아들일까요.

2. '나'를 둘러싼 상황이 결코 밝지가 않아요. 엄마의 병간호를 위해 회사를 휴직했다가 결국은 퇴사하게 되고, 다시 일자리를 찾기에는 녹록지 않은 사십 대 여성이에요. 그런데

이렇게 "생활에 대한 압박감이 턱밑까지 차오르던" 상황에서 '나'가 선택하는 게 외국어 수업이에요. 그 이유에 대해 소설에서 "외국어 공부를 하다보면 아직 내게 어떤 가능성과 기회가 남은 것 같은 착각"이 든다고 설명되어 있지만 이에 대해 조금 더 이야기를 들려주세요.

사십 대 경력 단절 여성이 고립된 환경에서 혼자 할 수 있는 게 뭘까 고민하다 언어 공부를 택했어요. 슬픔이 많은 인물인 만큼 상대에게 자기 상황을 충분히 유려하게 말할 수 없는 공간으로 보내고 싶었고요. 만약 우리에게 '타인'이 한 명 한 명 다 '다른 나라', 곧 '외국'이라면 외국어 수업의 의미도 더 넓어질 것 같았습니다. 실은 중간에 주인공을 '호주로 이민을 준비 중인 간호사 지망생'으로 바꿔보기도 했는데요, 그런 목적성 자체가 이야기를 하강이 아닌 상승 서사로 바꾸더라고요. 그래서 결국 주인공을 '외국에 갈 일이 거의 없지만 외국어 공부를 하는 사람'으로 다시 고쳤습니다.

3. 소설 곳곳에서 계급과 관련된 예민한 시선이 느껴져요. '나'는 영어 수업 때 화면 너머로 보이는 상대의 집안 환경을 눈여겨 바라보기도 하고, 자신과 비슷한 환경의 상대에게

'계급적 친밀감'을 느끼지요. 작가님이 인물의 계급적인 상황을 묘사할 때 특별히 염두에 두는 것은 무엇인지요.

제게 중요한 동시에 큰 주제라 어떻게 말해야 할지 모르겠는데요. 기본적으로 '생활에 대한 고민이 있는, 생활과 가까운' 인물들에게 관심과 애정이 있습니다. 지금 흥미롭게 읽고 있는 책에 "비웃지도 탄식하지도 또한 미워하지도 말고 다만 이해하라"◆는 스피노자의 문장이 나오던데 저 역시 그럴 수 있으면 좋겠다 싶고요.

한 가지 더 떠오르는 건 〈빌리 엘리어트〉인데요. 탄광촌 소년 빌리가 발레리노로 성장하는 과정을 그린 작품이지요? 그런데 영화에는 없고 뮤지컬에만 있는 게 하나 있는데, 마지막에 무대 위 광부들이 안전모에 달린 조명으로 일제히 빌리를 비추며 막장으로 다시 내려가는 장면입니다. 어떤 한 세계를 빌리는 떠나고 광부들은 남지요. 무대 위 대형 리프트가 지하로 천천히 내려갈 때, 낙하하며 광부들이 노래할 때, 저도 모르

◆ 샹탈 자케, 『계급횡단자들 혹은 비-재생산』, 류희철 옮김, 그린비, 2024.

게 계속 눈물이 났던 기억이 납니다. 제게는 이 작품이 우리 모두에게는 아름다움을 느낄 능력과 자격이 있다고 말하는 동시에 그게 언제나 가능한 건 아니라고 얘기하는 것 같았어요. 빌리를 지지하고 지원하지만 광부들의 상황이 크게 바뀌지는 않는 건데요, 저는 아마 이런 식의 이야기를 신뢰하는 것 같습니다. 그렇다고 그 지원이 무의미했나? 물으면 꼭 그렇지는 않은 이야기를요.

4. 로버트와 '나'가 한 '스무고개 놀이'를 조금 비틀어 묻고 싶어요. 누군가에게 '한 고개 놀이'로 '안녕'에 대해 설명해주신다면요?

아마 제게 부담을 주지 않으려 '한 고개'로 정해주신 것 같은데, 대략 생각나는 대로 써보면 아래와 같아요.

"우리가 매일 하는 것."
"우리가 잘 못 하는 것."
"우리가 했다고 믿는 것."
"누군가는 안 하려 하는 것."
"별거 아닌 것."

"쉽지 않은 것."

"나중에 아는 것."

"끝내 모르는 것."

"다정한 알은체이자 정중한 모른 체."

......

5. 소설에 "'가지 말라'는 청보다, '보고 싶다'는 말보다 '너한테 배웠어, 정말 많이 배웠어'라는 가사가 더 슬프게 다가온다"는 대목이 있어요. 작가님이 최근 사람으로 인해서든 상황으로 인해서든 가장 크게 배운 것이 있다면 무엇일지요.

제가 사십 대가 되고 보니 '나이 듦'이 전과 다르게 다가오곤 해요. 주위의 많은 이들로부터 본인이 혹은 가족이 아프다는 이야기를 듣곤 하고요. 저 또한 몇몇 경험을 통해 바라는 게 작고 단순해졌습니다. 전에는 널리 알려진 비유처럼 '세월이 유수처럼' 흐르는 줄로만 알았는데, 세월은 강물처럼 흐르는 게 아니라 어느 날 머리 위로 물벼락처럼 쏟아진다는 것 또한 알았습니다. 모든 깨달음은 비싸고 그건 웹상에 떠도는 무슨 무슨 계명, 무엇무엇 하는 방법처럼 쉽게 주어지는 게 아님을, 진짜 깨달음에는 얼마간 (상징적인 의미의) 피가 묻는다는 걸 배웠습니다. 그걸 이 단편에도 조금 넣고 싶었습니다.

완벽한 오므라이스와 만나는 법

김연수

● 공통 질문

1. 평소 쓰는 소설과 달리 이번 책은 '음악 앤솔러지'라는 콘셉트가 분명해요. 제안에 응한 결정적인 이유가 있다면 들려주세요.

늘 음악을 들으며 생활하기에 딱히 새로운 시도를 해야겠다는 생각을 하지는 않았습니다. 이야기를 만드는 과정에서 자연스럽게 음악이 따라오지 않을까 하는 정도의 생각만 가지고 제안에 응했지요. 음악에 맞춰 소설을 쓰는 것이었다면, 아마도 응하지 않았을지도 모르겠습니다. 음악은 직접적인 것이라 거기에 언어가 끼어들 여지가 없다고 생각하거든요. 반면 언어는 빈틈이 많아 음악이 채워줄 수 있는 여지가 많습니다. 언어로 먼저 접근하고 음악으로 보완하는 게 제게는 더 합당해 보였습니다.

2. 청탁 연락을 받고 가장 먼저 떠오른 음악이 있으셨나요. 소설을 쓰는 동안 처음의 음악이 유지되었는지, 또는 바뀌었는지도 궁금합니다.

「수면 위로」를 완성하기까지 꽤 오랜 시간이 걸렸습니다. 청탁을 받고 이 년 가까운 세월이 흘렀어요. 소설에 들이는 시간과 그 성취도가 비례하는 것은 아니니 공연히 시간만 많이 걸린 셈이에요.(웃음) 앞서 두 개의 다른 초고가 있었는데 포기하지 않고 끝까지 가봤지만, 결국 끝낼 수는 없었어요. 그래서 결국 포기하고 말았습니다. 그중 한 편에서는 장한나의 지휘로 미샤 마이스키와 협연하는 드보르자크의 첼로 협주곡 b단조 Op. 104를 다뤘고, 다른 초고에서는 허회경의 「집으로 가는 길」을 넣었어요. 어쨌든 두 작품은 끝에 이르지 못했습니다.

3. 인물의 이름에 대한 것이든 제목에 대한 것이든 다른 사람들은 잘 눈치채지 못하는, 소설에 숨겨놓은 비밀스러운 요소가 있을까요?

이 소설은 제목부터 떠올린 뒤 쓰기 시작했습니다. '수면'과 '위로'라는 단어를 결합하니 중의적인 표현이 되는 게 마음에 들었습니다. 물속에서 수면 위로 올라가는 것과 잠+위로, 이 두 가지 의미로 함께 들리기를 원했습니다.

비밀까지는 아니지만, 또 이런 것도 있습니다. 저는 부처의 생애를 담은 책이라면 뭐든지 읽습니다. 고교 시절, 헤르만 헤세의 『싯다르타』를 읽고 난 뒤 생긴 습관입니다. 부처가 깨달음을 얻기까지의 이야기는 모두 흥미진진하지만, 그중 제가 가장 좋아하는 장면은 깨달음을 얻은 직후에 부처가 입을 다물고 조용히 사라지려고 하는 부분입니다. 부처는 인간들이 자신의 가르침을 이해하지 못하리라는 것을 그때 이미 알고 있었던 것이지요. 저는 인류에 대한 이 깊은 비관주의에서 부처의 힘이 나오는 것이라고 생각합니다. 그럼에도 결국 부처는 입을 여는데, 이 '그럼에도 결국'이라고 하는 부분을 저는 아주 좋아합니다.

4. 청각적인 것, 시각적인 것, 촉각적인 것 등 중에서 소설 쓰는 데 가장 영향을 미치는 것은 무엇인가요?

「수면 위로」를 읽는 동안 독자가 오므라이스 한 그릇을 완벽하게 떠올릴 수 있거나 부엌으로 가서 뭔가를 먹는다면 소설을 쓴 사람으로서 매우 기쁠 것 같습니다. 이걸 어떤 감각이라고 말하면 좋을지 모르겠네요.

5. 작업할 때 음악을 듣는 편이신가요. 이번 소설을 쓸 때는 어떠셨나요. 소설에 음악이 나오지만, 독자들에게 꼭 추천하고 싶은 음악이 있다면요.

글을 쓸 때는 음악을 듣지 않습니다. 하지만 쓴 글을 고치거나 교정지를 볼 때는 음악을 듣는데, 이번에는 프렌치 키위 주스FKJ의 앨범을 쭉 들었습니다.

● 개별 질문

1. 유튜브, 나무, 오므라이스 등 일상에서 쉽게 접할 수 있는 것들이 소설에 많이 나와요. 특히 인물들의 감정의 '추세'를 고려할 때 노란색의 따뜻한 색감과 포슬포슬한 감촉의 오므라이스가 절묘하다는 생각이 들었어요. 중국집이 다른 무엇도 아닌 오므라이스로 알려진 곳이라는 점도 독특한 분위기를 만들어주는 듯하고요. 이에 대해 조금 더 이야기해주신다면요.

오래전, 일본 나고야에서 오므라이스를 먹고 놀란 적이 있습니다. '이게 오므라이스라고?', 그런 느낌이었어요.(웃음) 계란 옷이 너무나 부드럽고 감미로웠어요. 그간 제가 먹은 오므라이스와는 완전히 다른 음식이었지요. 일본의 식당에는 김치가 없었기에 느끼함의 한계에 도달한 뒤에도 계속 먹어야 했지만 잊지 못할 경험이었습니다. 그 뒤에야 일본에는 오므라이스 장인들이 많다는 것을 알게 됐습니다. 이 소설에 등장하는 오므라이스는 그때 제가 먹은 오므라이스일 것입니다. 요즘 저는 소설에서 제일 중요한 요소는 놀라움이라고 생각합니다. 오래전 오므라이스를 처음 먹었을 때의 놀라움이 떠올랐고, 그걸 전달하고 싶었습니다.

2. 소설에서 "우리 얘기 좀 할래요?"라는 말은 두 번 반복돼요. 한 번은 기진이 유주에게 말을 걸 때, 또 한 번은 기진이 은희에게 말을 걸 때. 유주와 은희 모두 당시 죽음을 가까이에서 느끼고 있었다는 공통점이 있는데, 그런 면에서 기진은 자신과 비슷한 상황에 처한 사람을 알아보는 능력을 가졌다고 볼 수 있을까요?

이 질문을 받고 좀 놀랐습니다. 소설을 다 쓰고 나서도 저는 유주와 은희의 공통점을 알아차리지 못했거든요. 그렇다면 이 이야기는 조금 달라지겠네요. 누군가 자신의 인생을 바꾸기로 결심한다는 것은 최소한

다른 한 사람의 인생도 바뀔 가능성이 생긴다는 뜻이
군요. 혼자 힘만으로는 새로운 인생을 시작할 수 없겠
죠. 나를 바꾼다는 건 내 앞의 세계를 바꾼다는 뜻이니
까. 자연스레 타인과의 관계 역시 바뀌게 될 테고, 그럼
그 사람의 인생도 바뀌게 되겠죠. 이게 평소 제 생각은
맞지만, 거기까지 염두에 두고 이 소설을 쓴 것은 아닙
니다. 제가 알고 있었던 건 어릴 때 기진은 엄마에게서
새로운 인생을 찾는 방법을 배웠는데, 그건 보통 때라
면 말을 걸지 않을 낯선 사람에게 말을 거는 일이었다
는 것뿐이었습니다. 인생이 궁지에 몰렸을 때는 도와
줄 귀인이 필요해요. 혹시 그런 상황이라면 먼저 말을
걸어보세요.

3. 「수면 위로」에서 가장 드라마틱한 감정 변화를 보이는 인
물은 기진의 엄마 같아요. 독자 입장에서는 상황적인 측면에
서도, 정서적인 측면에서도 가까이 붙어서 바라볼 수 있는
인물이었는데, 엄마를 그릴 때 꼭 해야겠다고 생각했거나 절
대 하지 말아야지 하고 세운 기준 같은 게 있었을지요.

　　수동적이고 수용적이며 침묵하는 엄마는 아니었으
면 좋겠다? 그 정도의 기준이랄까. 실제 저의 엄마도

그런 엄마가 아니었기에 별로 어려울 것 같지 않은데, 어쩐 일인지 소설을 쓰다보면 자꾸만 까먹게 됩니다. 그래서 엄마가 등장하는 소설의 초고를 쓰고 나면 다시 읽을 때마다 더 사나운 엄마를 떠올리려고 합니다. '사납다' 말고 더 좋은 말이 있을 텐데, 수정할 때는 자극이 필요해 이 거친 표현을 사용합니다. 하지만 제가 그리는 엄마는 생각만큼 사나워지지 않는 것도 사실이에요.

4. 마지막에 은희가 기진과의 여름밤을 떠올리며 덧붙이는 말들을 포함해 이 소설 자체가 은희가 기진을 생각하며 공들여 단 자막처럼 느껴지기도 했어요. 그런 점에서 작가님의 초기작인 「다시 한 달을 가서 설산을 넘으면」이 생각나기도 했고요. '누군가에 대해 말한다는 것'에 초점을 맞췄을 때, 그때와 비교해 현재 가장 달라진 점은 무엇이라고 생각하시나요?

크게 달라진 점은 없습니다. 그때나 지금이나 '주석', 혹은 '글쓰기'는 제게 사실에 맞서 진실을 기입하는 일입니다. 사실과 진실. 말장난 같기도 한데, 이렇게 설명하면 어떨까요? 이 세상이 하나뿐이라고 생각하면 너무나 끔찍하겠죠. 뉴스를 보면 정신착란에 걸릴 것 같아요. 공해 수준의 인간이 너무나 많죠. 그 어리석은 짓들, 전쟁들, 폭력들, 살인들은 또 어떤가요. 이게 '사실의 세계'입니다. 이 세계가 우리에게 가르치는 교훈은 약육강식, 적자생존 같은 것입니다. 돈과 권력이 없으면 불행 속에서 살아가야만 하는 세계입니다. 하지만 '진실의 세계'는 저마다 하나씩이라고 생각합니다. 사실의 세계에서 봤을 때는 완벽하게 불행해야만 하는 어떤 사람이 전혀 불행하지 않게 살 때, 그는 사실의 세계가 아니라 자신만의 진실의 세계에서 살고 있는 것입니다. 자신만의 진실이 바로 사실의 세계에 저마다 다는 주석, 혹은 자막 같은 것이라고 생각합니다. 저는 그게 이야기라고 생각합니다. 제가 누군가를 받아들이는 방법은 이야기를 통해서입니다. 저만의 진실로 누군가에 대해 말할 수 있는 것이지요. 그게 사실은 아닐지언정 제게는 진실이 됩니다.

5. 유주의 '나무 바라보기'처럼, 어려운 상태에 놓인 누군가에게 제안하고 싶은 작가님만의 해결 방식이 있을까요? 역시 유주의 유튜브처럼 자막을 달듯 설명해봐주셔도 좋겠습니다.

어려운 상황에 놓이면 그 상황을 감내하는 것 이외에 다른 빠져나올 방법은 없다고 생각합니다. 모든 게 실망스럽고 힘들겠지만, 미세한 변화의 조짐이라도 발견할 수 있는 세심함과 인내심이 있다면 어떤 어려운 상황에서도 빠져나갈 수 있으리라고 생각합니다. 이때 실제 상황보다 우리를 더 어렵게 하는 건 그 상황에 대한 우리의 생각입니다. 앞에서 누누이 말했지만, 현실에 대한 각자의 주석이나 자막이 바로 그런 것이지요. 어려운 상황에서 안 좋은 생각을 하지 않고 좋은 생각을 한다는 것은 거의 불가능합니다. 이때는 어떤 생각도 하지 않는가, 아니면 모든 생각을 다 해서 생각을 무력화시키는 방법밖에 없습니다. 그게 제게는 소설에 썼듯이 나무 바라보기와 떠오르는 생각을 모두 노트에 적는 일입니다. 명상, 걷기, 운동 등 다른 방법도 많으리라고 봅니다. 어쨌든 힘든 상황에서는 어떤 생각도 도움이 되지 않으니 생각 자체를 무력화시켜야만 한다는 게 핵심입니다.

360도를 회전하면 보이는 것

윤성희

1. 평소 쓰는 소설과 달리 이번 책은 '음악 앤솔러지'라는 콘셉트가 분명해요. 제안에 응한 결정적인 이유가 있다면 들려주세요.

　　처음부터 제안에 응한 것은 아니에요. 제가 음악을 잘 몰라서요. 음악 앤솔러지에 낄 깜냥이 안 된다고 생각했거든요.(웃음) 어릴 때부터 저는 제가 음악을 잘 모른다는 사실에 좀 주눅이 들곤 했어요. 제가 중고등학생 때 팝송을 아는 친구들이 많았어요. 좋아하는 노래를 테이프에 녹음해서 서로 나눠 듣던 시절이었죠. 그때부터 저는 제 음악 리스트가 빈약하다는 것을 알았어요. 하지만 취향이라는 게 남들 따라간다고 해서 쉽게 좁혀지는 게 아니더라고요. 좋은 걸 알아보는 감각이 없다는 사실을 그때부터 알았던 것 같아요. 게다가 저는 노래도 잘 못 불러요. 음치랍니다. 중학생 때 음악 선생님이 음정을 못 맞춘다고 출석부로 제 머리를 내리치면서 혼을 냈는데, 그 후로 음악 시간에 노래를 부르는 게 지옥 같았어요. 학창 시절, 음악 수업이 즐거웠던 적이 거의 없었답니다. 그런 기억 때문인지 음악소설을 쓸 엄두가 나지 않았어요.

그럼에도 결정한 이유는 이렇습니다. 제안을 해준 출판사 사장님이 제 소설 「어느 밤」의 주인공이 훔친 킥보드를 타며 노래를 부르는 장면에서 울컥했다는 이야기를 해주었기 때문입니다. 그렇게 주인공이 노래를 흥얼거리는 장면 하나만 생각해보자. 더 욕심은 내지 말고. 욕심내봤자 더 잘 쓸 수는 없을 거니까. 게다가 같이 참여하는 작가들이 좋았습니다. 제가 좋아하는 작가들이니 그 사이에 제 작품이 끼어 있는 것만으로도 행복했죠. 나 말고 그들이 좋은 작품을 쓸 테니까, 나는 그냥 거기에 조금 기대보자, 이런 마음도 있었습니다.

2. 청탁 연락을 받고 가장 먼저 떠오른 음악이 있으셨나요. 소설을 쓰는 동안 처음의 음악이 유지되었는지, 또는 바뀌었는지도 궁금합니다.

연락을 받고 바로 떠오른 음악은 없었어요. 다만, 노래를 흥얼거리는 부분이 있으면 좋겠다는 생각을 하다가 '불면증에 걸린 엄마를 위해 엄마의 꿈속으로 들어가 자장가를 불러주는 딸의 이야기'를 쓰고 싶다는 마음이 들었습니다. 소설 마지막에 자장가에 어울리는 노래를 부르게 해야지, 라는 생각만 있었어요.

3. 인물의 이름에 대한 것이든 제목에 대한 것이든 다른 사람들은 잘 눈치채지 못하는, 소설에 숨겨놓은 비밀스러운 요소가 있을까요?

없답니다. 저는 소설에 뭘 숨겨놓는 재주가 없답니다.(웃음) 근데 비밀이라고 하니까, 이 소설에 나오는 비밀 장소에 대해 말하고 싶어졌어요. 소설 속에는 '우리 동네에서 온도가 가장 낮은 곳'이라는 스티커가 붙어 있는 곳이 나와요. 실제로 제가 동네를 산책하다가 발견한 곳인데요, 동그란 스티커에 발바닥 모양이 그려져 있었어요. 그 위에 서면 정말로 시원한 기분이 들었습니다. 한여름에 부러 거기까지 몇 번 가보기도 했어요. 그때마다 언젠가 위로가 필요한 십 대 아이들의 이야기를 쓰게 되면 꼭 이곳에 서서 시원한 바람을 느끼게 해주자, 생각했습니다. 그걸 이번 소설에 썼어요.

4. 청각적인 것, 시각적인 것, 촉각적인 것 등 중에서 소설 쓰는 데 가장 영향을 미치는 것은 무엇인가요?

저는 시각인 것 같아요. 소설을 쓰다 막히면 눈을 감고 이렇게 중얼거립니다. 자, 그래서 지금 이 인물이 어디에 서 있지? 무엇이 보이지? 그리고 주인공을 둘러싼 풍경을 모두 상상해봐요. 주인공을 360도 회전하게 만들어보는 것이지요. 그다음에 오 분이고 십 분이고 걷게 만들어봅니다. 그래도 잘 안 써지면 버스를 타게 만들기도 하고, 동네 공원에 멍하니 앉아 있게 만들기도 해요. 그러면서 인물의 눈에 무엇이 보일지를 먼저 상상해요. 그리고 그 보이는 것에 청각과 촉각이 필요하다고 생각되면 그때 그 부분을 상상해보는 것 같아요. 저는 무엇이 보이지?→무엇이 들리지?→무엇을 생각하지? 이런 순서로 장면을 상상하는 편이에요.

5. 작업할 때 음악을 듣는 편이신가요. 이번 소설을 쓸 때는 어떠셨나요. 소설에 음악이 나오지만, 독자들에게 꼭 추천하고 싶은 음악이 있다면요.

저는 음악을 잘 듣지는 않아요. 집에서 글을 쓸 때는 라디오를 듣기도 하지만 대부분은 아무것도 틀어놓지 않는답니다. 다른 일(대체로 집안일)을 할 때는 음악을 듣기도 하는데 그럴 때는 좀 활기찬 것, 예를 들면 아이돌 노래 같은 것들을 듣는 편입니다. 독자분들에게 꼭 추천하고 싶은 노래가 있지는 않습니다만, 제 소설을 읽다가 여기에 나오는 음악들을 들어봐주시면 어떨까 싶네요.

● 개별 질문

1. 소설에서 미리는 지각을 자주 하는 인물인데, 등굣길에 본 풍경을 오래 간직하고 싶어서 그걸 보다보니 늦어졌다고 말해요. 작가님의 소설은 이런 풍경들을 조금씩 이어붙여 만든 퀼트 조각 같다는 생각이 들기도 했어요. 작가님이 최근에 본 풍경 중 가장 인상적인 것은 무엇인지, 그것들 중 어떤 것이 소설이 되는지 궁금해요.

올봄에 본 풍경 중 가장 예뻤던 풍경은 이거예요. 월요일마다 제가 사는 아파트에 작은 장터가 열려요. 그날 저는 등심 돈가스 두 장을 샀어요. 편의점에 들러 캔맥주도 하나 샀고요. 양배추 샐러드를 만들어 돈가스에 맥주를 한잔하자 생각하며 기분 좋게 집으로 가는데 뒤에서 어떤 분이 이렇게 외치는 겁니다. "뛰어요, 뛰어요." 무슨 소리인지 궁금해서 뒤돌아봤더니 엄마와 남자아이가 뛰어오는 거예요. 그때 아이가 말했어요. "배가 아파요, 배가 아파요." 그 말에 인도를 걷던 사람들이 한쪽으로 비켜섰어요. 아이 엄마는 "고맙습니다, 고맙습니다" 하며 달리고, 아이는 계속해서 "배가 아파요, 배가 아파요" 하면서 달리고. 마침 겹벚꽃이 지는 시기라 바닥에 꽃잎도 흐드러졌는데…… 그 풍경이 너무 좋아 지금도 생생해요. 언젠가 소설에 넣고 싶기도 하지만, 어떤 것을 보고 이건 소설에 넣어야지 하고 생각하지는 않아요. 그냥 눈에 잘 담아두었다가 소설을 쓸 때 자연스럽게 흘러나오기를 기다리는 편이에요.

「자장가」에 킥보드를 타는 장면이 있는데 거기에 이런 대사가 나와요. "나는 먼저 가요, 씽씽." 그 대사를 쓰게 된 이유는 작년 봄에 본 풍경 때문이에요. 그날의 장면을 조금 말해주자면요, 저는 학교 수업을 하러 가는 날이면 안산터미널 근처에서부터 안산천을 따라 학교까지 걸어요. 그때 본 장면이에요. 손주와 할아버지가 같이 걷고 있었는데 아이는 킥보드를 끌고 있었어요. 그러다 아이가 갑자기 할아버지에게 말하는 거예요. 저 갈게요, 하고. 아이는 그동안 천천히 걸었던 게 답답하기라도 한 듯 있는 힘껏 다리를 밀어 속도를 냈어요. 어찌나 빨리 달리던지 금방 시야에서 사라졌어

요. 그리고 잠시 후, 저 멀리서 아이가 다시 달려왔어요. 역시 아주 빠른 속도로. 그리고 할아버지 앞에 멈추더니 숨을 헐떡이며 말했어요. "봤어요? 씽씽 날라왔어요." 씽씽 날아왔다니요. 그 말이 너무나 아름다워서 눈물이 날 뻔했어요. 그 풍경의 느낌이 좋아 킥보드를 타는 장면을 썼답니다.

2. 소설에 나오는 "태어나서 본 것 중에 제일 커다란 꽃"이라는 가사의 노래는 오마이걸의 「불꽃놀이」예요. 원래 오마이걸을 좋아하시지요?(웃음) 오마이걸의 여러 노래 중에 이 노래를 고른 이유가 있다면요.

이 소설을 쓰면서 가장 먼저 생각한 노래는 아이유의 「무릎」이라는 곡입니다. 딸이 자신의 무릎을 베고 누운 엄마의 머리카락을 쓰다듬으면서 자장가를 불러주는 장면으로 소설을 끝내고 싶었어요. 그래서 그 부분 말고는 음악에 대한 생각을 하지는 않았어요. 그런데 쓰면서 여러 번 구성이 바뀌었어요. 그러는 과정에서 십 대 아이들이 노래방에 가는 장면을 쓰게 되었고 그 부분에서 주인공이 목청껏 노래를 따라 부르게 하고 싶어졌어요. 그즈음에 제가 오마이걸에 대한 관심이 조금 있었어요. 그래서 오마이걸의 전곡을 듣게 되었답니다. 전곡을 듣다보니 그만 팬이 되었고요.(웃음) 그중에서 「불꽃놀이」를 고른 이유는요, 이 노래가 여름밤 축제처럼 신나지만 가사를 생각하면 뭔가 아련하고 슬프거든요. 그래서 이 노래를 부르게 해주고 싶었답니다.

3. 「자장가」에서는 '꾸물꾸물', '으스스', '씽씽' 같은 부사가 적재적소에 쓰이면서 소설에 생기를 주는데, 특정 단어를 먼저 떠올리고 거기에 어울리는 상황과 인물을 그려나가기도 하시는지요.

특정 단어를 먼저 떠올리지는 않아요. 저에게는 상황이 먼저 있고 그 장면을 상상하는 게 더 먼저예요. 어떤 단어나 대사를 쓰고 싶어서 거기에 어울리는 상황과 인물을 그려나가는 방식이 저에게는 잘 맞지 않아요. 그건 뭐랄까…… 좀 억지처럼 느껴지거든요. 저에게 가장 중요한 건 자연스러운 흐름이에요. 그런데 이 소설에서는 꾸물꾸물, 으스스, 씽씽 같은 부사를 조금 의도적으로 쓴 것도 있어요. 그러니까 그 장면을 상상하고 이런 부사가 떠올라도 안 쓰는 경우가 있는

데, 이번에는 떠오르면 그냥 떠오르는 대로 썼어요. 그게 이 소설의 주인공하고 잘 맞는다는 생각이 들었거든요.

4. 작가님의 소설에는 다른 어떤 스릴러 소설보다 죽음이 자주 등장합니다.(웃음) 「자장가」에서 공들여 그려지는 건 죽음 그 자체보다 그 후 남겨진 사람들에 대한 이야기인 것 같아요. '짝짝이 양말'이나 '스크류바' 모두 남겨진 사람이 죽은 사람을 기억하는 방식 중 하나이기도 하고요. 죽음을 대하는 작가님의 태도가 느껴지기도 하는데, 이에 대해 조금 더 들려주신다면요.

제가 생각하는 소설은 단순합니다. 저는 이야기란 인물들이 원하는 것을 위해 고군분투하는 거라고 생각해요. 고군분투라고 말하니 너무 거창하네요. 그냥 노력하는 이야기라고 해두죠. 그런데 제가 관심을 갖는 노력은 무엇을 이루기 위한 노력보다는 어떤 일을 겪고 난 뒤 그것을 견디기 위한 노력이에요. 그러다보니 소설에 죽음이 많이 나오는 것 같아요. 죽음을 자주 다루지만 가능하면 소설의 톤을 밝게 유지하려고 하는데요, 그 이유는 이렇습니다. 저는 '상실 후 그 사람에게 남은 마음에 집중'하지는 않아요. 그 마음을 가만히 들여다보는 소설도 물론 좋지만 그보다는 그 상처를 극복하기 위해 어떻게 애를 쓰는지 그 과정에 더 집중하고 싶어요. 말씀해주신 대로 '짝짝이 양말'이나 '스크류바' 모두 남겨진 사람이 죽은 사람을 기억하는 방식 중하나인데요, 그런 식으로밖에 애를 쓸 수 없는 태도를 보여주고 싶었어요. 저에게는 그런 태도가 인물을 그려나가는 데 필요한 시작점인 것 같아요. 이 인물은 이런 상처가 있지만 이런 태도로 세상을 살려고 해, 라고 생각해야 인물이 움직이는 것 같아요. 그런데 이 인물은 이런 상처가 있어, 그래서 이런 마음이야, 라고 생각하면 인물이 움직이지 않거든요.

5. 이번 소설에서 한 대목을 떼어 누군가에게 자장가처럼 들려준다면 작가님은 어떤 부분을 읽어주고 싶으신가요.

2장 시작부터 주인공이 엄마의 꿈속으로 찾아가는 장면까지 읽어주고 싶어요. 원래 이 장면을 소설의 도입으로 썼었어요. 나중에 구성을 바꾸면서 장면의 느낌만 살리고 문장을 다시 썼지만요. 암튼 그랬는데, 소설에 몰입이 잘 안 됐어요. 뭔가 인물이 제 마음을 건

드리지 않았거든요. 그래서 조금 더 천천히 엄마의 꿈 속에 들어가게 해야겠다, 라고 생각하며 지금의 첫 장면으로 이야기를 바꾸었어요. 그렇게 쓰다 다시 이 장면으로 돌아오니 조금 다른 마음이 생기더라고요. 쓰면서도 슬펐는데 왜 그랬는지는 모르겠어요.

별, 기차, 날씨, 그리고 시간

은희경

● 공통 질문

1. 평소 쓰는 소설과 달리 이번 책은 '음악 앤솔러지'라는 콘셉트가 분명해요. 제안에 응한 결정적인 이유가 있다면 들려주세요.

　많은 부분에서 인연이 작동했다고나 할까요. 프란츠 출판사, 함께 참여하는 작가들, 책을 만드는 분들과의 인연 등등.
　보통 저는 어떤 질문을 갖고 거기 대해 좀 알아보자는 마음으로 소설을 쓰기 시작하는데요, 음악도 한번 들어가서 엿보고 싶은 세계였어요. 그래서 쓸 수 있겠다는 생각이 들었습니다.

2. 청탁 연락을 받고 가장 먼저 떠오른 음악이 있으셨나요. 소설을 쓰는 동안 처음의 음악이 유지되었는지, 또는 바뀌었는지도 궁금합니다.

　저는 출판사의 기획 의도를 좁고 상투적으로 해석했던 것 같아요. 처음부터 클래식 음악을 염두에 두었고요. 늘 그렇듯이, 그게 저의 소설 쓰기의 가장 큰 걸림돌인 걸 알면서도 쓸데없이 복잡한 구상 단계를 거쳤어요.

먼저 세 가지 중 하나를 결정해야 했어요. 1. 음악가 이야기 2. 감상자 이야기 3. 하나의 음악에 얽힌 이야기.

홀스트의 『행성』으로 결정한 뒤로도 이런저런 분심이 생겼지만 '마감'이라는 감시자의 권위에 눌려 한눈팔지 않고 쓸 수 있었습니다.

3. 인물의 이름에 대한 것이든 제목에 대한 것이든 다른 사람들은 잘 눈치채지 못하는, 소설에 숨겨놓은 비밀스러운 요소가 있을까요?

없을걸요. 평소에는 소설 속에 뭔가를 꾹꾹 눌러 담고 또 숨겨놓는 나쁜 버릇이 있긴 한데, 이 소설은 복잡해지지 않도록 울타리를 만들어놓고 썼어요. 앤솔러지가 처음인데, 제 식대로 멋 부리기를 하는 독무대가 아니라는 걸 명심했고요. 또 출판사에 민폐를 끼치면 안 되니 이 소설은 좀 읽혔으면 좋겠다 싶었어요. 제가 글을 제 의도대로 쓸 능력이 있는지는 다른 문제이지만요.

4. 청각적인 것, 시각적인 것, 촉각적인 것 등 중에서 소설 쓰는 데 가장 영향을 미치는 것은 무엇인가요?

하나의 감각에 특별히 예민한 것 같지는 않고요. 저세 가지가 합쳐졌다고나 할까요. 어떤 장면에 끌리는 것 같아요.

어느 봄날 저녁에 장례식장에 갔다가 병원 앞마당의 벤치에 혼자 앉아 있는데 꽃향기가 스치더라고요. 그게 왠지 가혹하기도 하고 뭔가 우리가 속한 대자연의 천연스러움이라는 생각도 들었어요. 그때 노부부가 두런두런 얘기를 나누며 커다란 나무 아래를 산책하는 모습을 봤어요. 할머니가 병원복 차림의 할아버지를 부축하면서 느릿느릿 걸음을 옮기는 모습에서 가벼운 전율을 느꼈죠. 다음 순간 머릿속에서 문장이 가공되기 시작했고요.(웃음)

이런 기억도 있어요. 독일 문학행사 때 함께 갔던 작가와 호텔 앞의 공원을 산책했어요. 근데 그 작가가 유치원 꼬마들의 행렬에서 눈을 못 떼더라고요. 한 아이가 자기 얼굴을 다 가리는 커다란 나뭇잎을 들고 걷다가 떨어뜨리는 바람에 그걸 줍느라 자꾸 뒤처지고 있었어요. 그 아이를 보는 작가의 애잔한 눈길, 숲과 호수의 냄새, 새소리와 인솔 교사의 외치는 목소리. 그 이후로 공원에 가면 가끔 머릿속에 그 장면이 재생됐어요.

물론 저 두 장면 모두 제 소설에 이미 써먹었고요.
(웃음)

5. 작업할 때 음악을 듣는 편이신가요. 이번 소설을 쓸 때는 어떠셨나요. 소설에 음악이 나오지만, 독자들에게 꼭 추천하고 싶은 음악이 있다면요.

작업할 땐 음악을 듣지 않아요. 하지만 요즘은 주로 카페에서 글을 쓰기 때문에 백색소음을 피할 수 없죠. 가까운 자리에서 큰 소리로 대화하는 사람들이 있으면 귀에 이어폰을 끼고 음악을 켜는데요, 원고에 몰입이 되면 어느 순간부터 음악이 전혀 들리지 않아요. 그런 점에서 저에게는 형식적으로 안정된 클래식 음악이 매우 기능적이에요. 좀 역설적인가요. 보이지 않으려면 자연스러워야 하듯이 들리지 않으려면 완성돼 있어야 하는 것 같아요. 원고를 쓸 때에 클래식 음악은 옆에 있어줄 뿐 적극적으로 개입하지는 않으니까요. 하지만 어디까지나 저의 경우이고, 클래식 음악만 그런 건 또 아닐 테죠.

추천하고 싶은 음악이라, 제가 책 추천조차 어려워해서……(웃음)

1. 소설에서 점성술은 인물들에게 무척 중요한 요소로 작용합니다. 홀스트가 『행성』이라는 관현악곡을 만드는 데 영감을 주기도 하고, 전갈자리인 인선과 천칭자리인 연인을 연결하는 데 영향을 주기도 해요. 점성술의 어떤 측면이 작가님에게 호기심을 불러일으켰는지 궁금합니다.

뜻밖인데요. 음악의 어떤 측면이 호기심을 불러일으켰는지 질문할 줄 알았는데 점성술에 대해 물으시다니요.(웃음) 누구나 통제 밖 미지의 영역에 자신을 의탁하고 싶은 피곤함과 궁금함과 의존의 욕망을 갖고 있고, 운명과 운수, 그리고 알 수 없는 우주적 원리의 외전外傳 혹은 비의의 작동법에 대한 호기심 같은 걸 갖고 있지 않을까요. 저도 그랬고요. 한때는 손가락으로 사주 짚는 법을 배워서 친구들에게 엉터리 점을 쳐주기도 했어요.

점성술에 흥미를 느낀 건 아마 제가 독을 가진 전갈의 자리라는 게 마음에 들어서였을지도 모르겠어요. 본격적으로 점성술을 공부한 친구의 소개로 책도 사보고 팟캐스트도 열심히 들은 적이 있어요.

언젠가 고산에서 캠핑을 하다가 새벽에 깨어 텐트 밖으로 나가봤거든요. 거의 360도로 펼쳐진 검은 하늘에 별들이 제 기준에서 무한대로 뿌려져 있는 거예요. 그것도 머리 위에. 압도당했죠. 도대체 저 작고 무수한 밝은 점들 중에서 어떻게 몇 개를 이어 별자리를 만들었을까. 그 옛날 뱃사람들이 망망대해에서 본 별들은 좀 다르겠지만 어쨌든 그때 이후로 별자리가 인간의 한정된 해석의 영역이라고 생각하게 됐어요. 점성술에 백 퍼센트 몰입했다면 여기에서 제 별자리를 밝히지는 않았겠죠. 하지만 아예 안 믿었다면 소설에 쓰지 않았겠고요. 말하자면 『행성』을 작곡했을 때의 홀스트와 비슷한 정도라고나 할까요. 사주나 점성술은 일단 언어가, 은유적이고 포괄적인 레토릭이 매력 있잖아요.

2. 「웨더링」은 네 명의 인물이 약 두 시간 동안 함께 기차의 4인석에 앉은 것을 계기로 각 인물의 서사가 교차로 풀려나오는 구성인데, 기욱이란 인물을 가장 먼저 떠올리셨을까요? 어떤 식으로 네 인물의 이야기를 구상하게 되었을지요.

가장 먼저 기욱을 떠올렸죠. 가끔 음악과 문학이 함께하는 문화행사 같은 데에서 음악가들을 만날 기회가 있어요. 한번은 음악가들과 대기실을 같이 쓰게 됐는데 해설자 선생이 피곤한 표정으로 거울 속 자신의 모습을 물끄러미 바라보고 있더라고요. 제 눈에는 그 표정이 일의 피로 때문만은 아닌 걸로 보였어요. 그분이 주신 명함에 화려한 연주자 경력도 적혀 있었고요. 사실 멋대로 해석하는 거예요. 그분의 이야기를 쓰는 게 아니고 한 이미지를 포착해서 서사를 상상하는 거니까 사실 여부를 확인하는 건 의미가 없어요. 대신 개인적 정보 면에서는 완전히 다르게 접근해야 해요. 보충 취재도 해야 하고요.

기욱은 사실 저 자신의 실험적 자아겠죠. 제 소설의 여러 인물 속에 저의 모습이 쪼개져 들어가게 되니까요.

제가 들어가 있지 않은 유일한 인물이 노인이에요. 제 주변에 그 노인처럼 몇 시간 동안 악보를 들여다보는 사람이 있어요. 음악을 듣듯이 악보를 펼쳐놓고 봐요. 그의 귀에는 어떤 방식의 연주가 들리는 걸까요. 언젠가는 그 인물을 소설에 써보려고 했는데 마침 알맞은 배역이 있었던 것 같아요.

그리고 저는 글이 잘 안 풀리면 꼭 연애를 집어넣어요.(웃음) 그러니까 인선은 당연히 나와야 할 인물이었고요. 준희는 인선에게 딸린 조연으로 등장했지만 정

작 이 소설에서 중요한 흐름, 즉 음악을 안내하는 역할
을 해요. 삶에서 눈에 띄지 않는 작은 균열이 예상치
않게 전체를 바꿔놓듯이 외곽의 인물로 하여금 소설을
주도하도록 만들고 싶었어요.

　또 한 가지, 음악과 함께 이 소설의 흐름을 주도하는
건 변주를 맡은 '날씨'죠. 자연스럽게 영화 〈날씨의 아
이〉가 떠올랐고 거기에서 제목을 따왔어요. 외국어 제
목을 쓰는 걸 그리 좋아하지 않기 때문에 바꾸려 해봤
지만 어쩐지 입에 붙어서 그대로 두었어요.

3. 기욱이 티켓을 잘못 예매하는 바람에 두 가지 일이 일
어나게 돼요. 하나는 그 때문에 4인석에 앉아야 한 것, 다
른 하나는 그 덕분에 노인에게 자신의 표를 건넬 수 있게 된
것. 큰 말이긴 하지만 '인생'에 대해 떠올려보게 하는 대목인
것 같아요. 이에 대해 조금 더 이야기해주신다면요.

　저는 사람이 좀 허술해서 지방 강연을 갈 때에 기차
표를 잘못 예매해 당황한 적이 한두 번이 아니에요. 그
런데 얼마 전 한 친구와 지방에 갈 일이 있었어요. 저와
달리 일 처리가 깔끔하고 야무진 친구가 웬일인지 티케
팅 날짜를 착각한 거예요. 저한테 일어난 일이라면 또

야, 하고 넘어갔겠지만 그 친구의 경우는 왜 이런 일이 일어났지? 하며 여러 가지를 생각하게 되더라고요.

제가 "삶이 내게 할 말이 있었기 때문에 그 일이 내게 일어났다"라는 문장을 소설에 쓴 적 있거든요. 블로그 같은 데에 어쩌다 그 말이 인용되면 에이, 내가 무슨 잘난 체를 한 거야, 하고 민망한 마음이 들었어요. 근데 어쩐지 그 말이 다시 떠올랐고요.

그리고 저는 한 소설 속의 인물을 다른 소설에 재등장시키는 일이 많아요. "풍경은 늘 그렇게 있다. 계절과 날씨에 따라 조금은 다를 것이다. 결국은 시간이 개입된다는 뜻이겠지"라는 문장을 쓴 적도 있어요. 삶이 분절돼 있는 게 아니라고 생각하는 거죠. 시간에는 또 방향이 있어요. 그 위에 올라탄 채로 인연이 이어지고 풀어지면서 흘러가는 게 삶이고, 그러는 동안에 일어나는 짧은 멈춤과 얽힘에서 아름다움을 발견하고 그럼에도 떠나보내는 일. 그것이 소설 쓰는 일이라고 생각했던 적도 있고요. 또 무슨 잘난 체를 하고 있는 걸까요.(웃음)

4. 소설의 마지막 장면에서 준희가 인선에게 장례식장에 가기 전에 근처 도서관에서 하는 클래식 음악회에 가자고 제

안하지요. 인선이 거절하지 않았더라면 기욱과 우연히 또는 운명적으로 재회하게 되었을 텐데,(웃음) 이들의 만남은 기차라는 공간을 끝으로 마무리되는 게 좋다고 생각하셨던 것일까요?

저는 일단 기차 안에서 그들의 인연을 끝냈는데요. 소설의 막이 내려진 다음, 배역을 맡은 배우들이 다시 만날지 아닐지를 스스로 결정하는 장면을 상상해봤어요. 작가가 쓰는 것은 거기까지이지만 읽는 사람 역시 그다음을 상상할 수도 있지 않을까요. 어떤 면에서 소설은 현실보다 개연성에서 더 엄격해야 하니까 우연은 처음의 만남 정도에서 멈추는 게 설득력이 있을 것 같고요.

하지만 저도 그들이 그날 음악회에서 다시 만난 뒤 함께 맥주를 마시고 밤에는 별도 보러 갔으면 좋겠어요. 다음날 기차역에 나가 함께 노인을 배웅하고 현장 티케팅을 대기하다가 실패하고 밤을 어떻게 보낼까 의논하고 그다음은…… 물론 인선의 소심한 옛 애인은 장례식장에 나타나지 않고요.(웃음)

몇 년 사이 제가 강릉행 기차를 자주 탔거든요. 그것도 이 소설의 입구를 열어주었어요.

5. 준희는 기차에서 『행성』을 처음 듣고 노래에 온전히 매료돼요. 작가님이 최근 경험한 것 중 이와 비슷한 강도의 충격을 준 것이 있다면요.

실은 뭔가에 수시로 매료돼요. 어떤 영화를 보면서는 이 멋진 영화가 끝나지 않기를 바라면서 한편으로 어서 끝나서 2회 차를 보고 싶다는 생각을 하기도 하죠. 하지만 성격이 산만하고 또 잘 몰랐던 걸 깨치는 순간의 진취적 충일감이랄까 그런 걸 좋아하기 때문에 오래 지속되는 건 많지 않아요.

며칠 전 비행기 안에서 〈어파이어〉라는 영화를 봤는데요. 여자 주인공이 술자리에 앉아 시를 읊는 장면에서 갑자기 눈이 번쩍 뜨였어요. 그 시가 바로 제가 십대 때 일기장 앞 장에 적어놓았던 하이네의 시였거든요. "저의 종족은 사랑을 하면 그 갈망에 죽고 마는 아스라족입니다." 이게 마지막 구절이에요. 몇십 년 동안 한 번도 떠올린 적이 없었고 해적판 명언집 같은 데서 베낀 시라 진짜 하이네가 썼는지도 의심스러울 지경이었으니 깜짝 놀랄 수밖에요. 아주 오래전 내가 자신을 죽일 정도의 열정을 갈망했던 소녀였다는 게 떠올랐어요. 지금의 나는 어떤가 오랫동안 생각했고요. 그러고는 그 소녀를 떠올린 덕분에 이 책이 잘될 것 같다는 막연한 생각도 해봤습니다. 비행기에서 내내 이 인터뷰의 질문에 어떻게 대답할지 궁리하고 있었는데 마치 열정이라는 해답, 그러니까 점괘를 얻은 기분이었거든요. 이 책에 행운이 깃들기를 바랍니다.

미완성 스웨터처럼, 열린 채로

편혜영

● 공통 질문

1. 평소 쓰는 소설과 달리 이번 책은 '음악 앤솔러지'라는 콘셉트가 분명해요. 제안에 응한 결정적인 이유가 있다면 들려주세요.

간혹 어떤 제안은 작가로서 기념이 될 것 같다는 생각에 다른 사정을 헤아리지 않고 선뜻 응하게 됩니다. 좋아하는 작가와 선망하던 출판사, 존경하는 편집자와 디자이너가 함께 모여 책을 만드는 행운은 아주 드뭅니다.

2. 청탁 연락을 받고 가장 먼저 떠오른 음악이 있으셨나요. 소설을 쓰는 동안 처음의 음악이 유지되었는지, 또는 바뀌었는지도 궁금합니다.

특정한 곡을 떠올리지는 않고 음악의 속성이나 기질을 많이 생각한 것 같아요. 떠올리는 것만으로 그 음악을 듣던 시절로 돌아가게 되는 마음에 대해서요. 그래서인지 지금은 곁에 없지만 여전히 가까이 자리한 듯한 사람에 대해 쓰게 되었습니다. 구체적인 노래는 이야기를 써나가며 자연스럽게 떠올렸고요.

3. 인물의 이름에 대한 것이든 제목에 대한 것이든 다른 사람들은 잘 눈치채지 못하는, 소설에 숨겨놓은 비밀스러운 요소가 있을까요?

이 소설에는 제가 좋아하는 것들을 많이 담고 싶었습니다. 좋아하는 색깔, 좋아하는 도시의 이름, 좋아하는 연주자, 좋아하는 노래가 담겨 있어요. 소설에 나오는 수박 장사 에피소드는 몇 해 전 여행지에서 아빠에게 들은 이야기입니다. 이 얘기를 듣고 수박을 이고 지고 먼 길을 오가던 어린 시절의 아빠를 종종 상상했습니다. 애틋하기도 하고 푸릇한 여름의 얼굴이 떠올라 좋기도 했습니다.

4. 청각적인 것, 시각적인 것, 촉각적인 것 등 중에서 소설 쓰는 데 가장 영향을 미치는 것은 무엇인가요?

작품에 따라 다릅니다. 다만 청각이나 후각, 촉각 등은 느낌이나 기분으로 기억되는 경우가 많다보니 소설을 쓸 때는 구체적으로 경험을 자극하고 정보를 보충할 수 있는 시각적 경험에 좀 더 의존하는 듯합니다.

5. 작업할 때 음악을 듣는 편이신가요. 이번 소설을 쓸 때는
어떠셨나요. 소설에 음악이 나오지만, 독자들에게 꼭 추천하
고 싶은 음악이 있다면요.

익숙한 곳에서는 음악을 듣지 않고 소설을 씁니다.
낯선 곳이나 카페 등 외부 공간에서 일할 때는 음악을
듣습니다. 장소가 낯설다면 좋아하는 곡을 들어야 비
로소 소설 쓰기에 익숙한 기분과 마음을 만나게 됩니
다. 이번 소설은 익숙한 장소에서 썼기 때문에 음악에
대한 소설이지만 음악 없이 썼습니다.

무엇인가를 추천하라고 하면 더 좋은 것이 있을 듯
해 늘 머뭇거리게 됩니다만, 프란츠에서 출간하는 책
이고 음악소설집이니만큼 슈베르트의 노래 「음악에
게An die Musik」를 권하겠습니다. 오래전에 한 바리톤이
공연의 마지막 곡으로 이 노래를 부르는 것을 들은 적
있습니다. 인터뷰집에서 얼마 후 은퇴를 계획하고 있
다는 말을 읽었었는데, 일생 가깝게 둔 음악에게 헌사
를 보내는 진심이 느껴져 뭉클했습니다. 저는 주로 이
언 보스트리지나 괴르네가 부른 곡으로 듣습니다.

● 개별 질문

1. 실제로도 뜨개질을 배우셨지요?(웃음) 뜨개질을 할 때 아, 내가 언젠가 이걸 소설에 쓰게 되겠구나, 하고 예감한 순간이 있었을지요.

소설을 써서 좋은 점 중 하나는 무슨 경험이든 배울 게 있다는 것입니다. 몇 해 전 뜨개질을 배운 적이 있는데, 어깨와 손에 잔뜩 힘을 주고 하느라 통증이 생겨 오래 하지 못했습니다. 바늘을 꿰어 넣기 어려울 만큼 촘촘히 땀을 떠가다가 힘이 드니 갑자기 땀을 느슨하게 풀어버리기를 반복했어요. 그러느라 들쑥날쑥해진 뜨개물을 보고 있자면 소설 생각이 나기도 했습니다. 힘을 많이 주어서는 안 되고 그렇다고 너무 힘을 풀어서도 안 되는 게 뜨개질만은 아니니까요.

2. 경주가 영주 이모와 함께 나주 이모를 찾아가는 길은, 아무 말도 없이 갑자기 유학을 가버린 대학교 친구나 연락을 받지 않는 방식으로 이별을 알린 전 남자친구를 떠올리는 과정이기도 해요. 영주 이모가 그랬듯 경주 또한 언젠가 이들에게 연락할 수도 있을까요?

엄마가 남겨놓은 스웨터가 여러 사람의 흔적과 손길로 조금씩 자라는 모습을 지켜보다보면 어떤 관계든, 지금 곁에 없는 사람이라 하더라도, 삶의 부피감을 늘려주었다는 걸 경주가 알게 되리라 생각했어요. 물론 스웨터를 볼 때마다 지금은 멀어진 사람들이 떠올라 아프고 쓸쓸해지겠지만, 시간이 좀 더 지나면 관계의 흔적을 받아들이는 방식이 달라질 테니 서로 만나지 못한 시간을 짐작하고 이해하는 품이 넓어지기도 할 것 같습니다.

3. 엄마가 남긴 미완성 스웨터가 다른 사람들의 손길로 조금씩 완성되어가듯 경주를 조금 더 밝은 쪽으로 밀어주는 것 역시 누군가와의 기억들인 것 같아요. 그리고 그 기억이 추상적인 차원이 아니라 스웨터, 카세트테이프, 십구만 팔천 원이 든 지갑, 십 원짜리 동전처럼 아주 구체적인 물건으로 드러난다는 점이 인상적이었는데, 경주에게는 손으로 만질 수 있는 것들이 필요하다고 생각하셨던 건지 궁금해요.

사랑하는 사람이 떠날 때 상실감이나 슬픔만 남겨두는 건 아닌 듯합니다. 경주가 그걸 실감하려면 그간 만나온 사람들의 흔적이 담긴 스웨터나 엄마의 지갑, 한

시절의 목소리가 담긴 카세트테이프같이 손에 쥘 수 있는 물건이 많았으면 싶었습니다.

4. 오래전에 관계를 맺었다가 연락이 끊어진 사람과 다시 만나기 위해 필요한 것은 무엇이라고 생각하시나요.

오백만 원.
하지만 돈으로 모든 걸 해결할 수는 없을 테니 오랫동안 연락이 끊긴 친구에게 오백만 원이라는 구실을 만들어 찾아갈 수 있는 용기와 지나간 시간을 아끼는 마음 같은 것이요.

5. 작가님의 초기작부터 찬찬히 따라 읽어온 독자분들에게 「초록 스웨터」를 비롯한 최근의 소설들은 또 다르게 다가갈 것 같아요. 작가님 스스로는 이러한 변화를 어떻게 받아들이고 있으신지요.

인생이 예측 불가의 것이듯 소설의 생애도 그런 모양이구나 하고 생각하고 있습니다. 한편으로는 제 소설에 비로소 온기가 담겼다고 방심한 독자들을 배반할 만한 소설을 궁리하며 즐거워하기도 합니다.(웃음)

음악소설집 音樂小說集

ⓒ 김애란 김연수 윤성희 은희경 편혜영

발행일 2024년 6월 26일 초판 1쇄
2024년 11월 13일 초판 7쇄
Copyright ⓒ 프란츠, 2024, Printed in Korea.

지은이	김애란 김연수 윤성희 은희경 편혜영	펴낸이	김동연
편집	목나무	펴낸곳	프란츠(Franz)
사진	이승재(LCC)	전화	02-455-8442
디자인	퍼머넌트 잉크	팩스	02-6280-8441
제작	크레인	홈페이지	http://franz.kr
		이메일	hello@franz.kr

ISBN 979-11-973258-9-2
값 18,000원   03810